LOS MAGNÍFICOS 12

Título original: *The Magnificent 12: The Trap*

Publicado por acuerdo con *HarperCollins Children's Books*, una división de HarperCollins Publishers.

ISBN: 978-84-92939-64-0
Depósito legal: M-17354-2012

BIC: YFH

1ª edición, mayo 2012

Impreso en España / *Printed in Spain*

Para Katherine, Jake y Julia.

MICHAEL GRANT

LOS MAGNÍFICOS 12

LA TRAMPA

Editorial Hidra

Prólogo

Grimluk –cuyo rostro daba más grima que nunca– hizo una aparición borrosa en un objeto metálico y brillante de un baño en Sidney, Australia, y dijo:

—No puedo guiarte mucho más, Mack El Magnífico. Tendrás que aprender los secretos de este mundo. Encontrar a los antiguos... A las grandes fuerzas olvidadas. Algunas te ayudarán. Otras... no tanto. Pero por encima de todo: ¡Aprende las posibilidades del Vargran! ¡¡Reúne a Los Doce!! ¡¡¡Hay poco tiempooo!!!

Grimluk no solía usar tantos signos de exclamación. Y por lo general tampoco alargaba las palabras añadiéndoles vocales innecesarias. Era mejor dando grima que dando ánimos. Pero Mack le prestó especial atención. Se inclinó para acercarse al objeto metálico y brillante en cuestión, cosa que si alguna vez has estado en un lavabo público, sabrás que no es muy recomendable.

—¿Cuánto tiempo es poco? —preguntó Mack.

—Poco. Muuuuuuy poco.

—¿Te refieres a días? ¿Semanas?

—La condena de la reina Pálida concluye en treinta y seis días. El hechizo que la tiene atada —ya debilitado— llegará a su fin. Y ella quedará libre.

—¿Cómo? ¿Me estás diciendo que en treinta y seis días tengo que encontrar a todos Los Magníficos Doce? ¡De momento solo somos dos! ¡Solo somos Los Magníficos Dos!

—¡Treinta y seis días para reunir a Los Magníficos Doce y derrotar a la reina Pálida!

—¿Y no pensaste en decírmelo antes?

—No tenía mi calendario a mano.

Y después frunció el ceño y arrugó aún más su

rostro ojeroso, demacrado y o-sea-para-nada-tan-mono-como-el-de-Justin-Bieber. Sus ojos blancos se elevaron como si intentara recordar algo.

—Un momento —dijo—. Quedan treinta y cinco días, y no treinta y seis. Cuando resto siete menos cuatro siempre me equivoco.

—¿Ya he perdido un día? —gritó Mack.

—Dirígete a los nueve dragones de Daidu —susurró Grimluk.

A lo que Mack respondió:

—¿Los qué?

—No me hagas repetírtelo —espetó Grimluk—. Hacer estas apariciones no es nada fácil. Cada vez que lo hago, pierdo fuerzas. Me debilito... Me...

Y entonces se esfumó. Y Mack se quedó ahí observando el tubo metálico con la misma expresión de frustración que se le quedaba cuando se iba internet sin ningún motivo.

Un hombre que se encontraba dos urinarios más allá le lanzó una mirada de preocupación.

—¿Estás bien, chico?

—Sí, señor. Es que a veces hablo con los retretes. Esto... Bueno, es que parece que les gusta.

—¿En serio?

El hombre se quedó pensando unos instantes y después dijo:

—Hola, retrete.

Mack ya había dado a Grimluk por perdido y estaba a punto de irse cuando el anciano reapareció. Pero ahora su voz era tenue como un susurro. Susurros urgentes y ambiguos.

—Los dragones podrían ayudaros... Las Egge Rocks...

—¿Daidu, nueve dragones y Las Ex Rocks? —repitió Mack—. ¿Las Ex Rocks? ¿Son un grupo de música pop?

—¡Las Egge Rocks! —susurró Grimluk—. En el bosque de Teutoberg. Allí... ¡La piedra del ojo!

—Daidu, nueve dragones, un grupo de pop que se llama Las Ex Rocks, Tetuán... ¿y la piedra del cojo?

—¡Del ojo!

—¿Qué cojo?

Grimluk negó con la cabeza lentamente, alzó la mirada y dio un grito ahogado.

—Bueno casi, servirá pero...

Con un débil susurro, tan silencioso que Mack se vio obligado a acercarse demasiado al retrete (postura que desde fuera parecía muy rara), Grimluk dijo:

—Cuidado con…

Mack aguzó el oído y se quedó observando el metal un buen rato más. Intentó tirar de la cadena un par de veces, dándole unos golpes al tirador con la esperanza puesta en la teoría de que, a veces, las cosas que no funcionan se arreglan a base de porrazos.

Pero Grimluk había desaparecido.

Otra vez.

Y eso era un verdadero incordio porque Mack tenía la impresión de que la última palabra que Grimluk había dicho era «trampa». Y esa es la típica palabra que quieres oír con claridad.

—Grimluk debería comprarse un teléfono.

Era irritante. Frustrante. Porque Mack tenía unas cuantas preguntas.

Pero tendría que apañárselas para encontrar por sí mismo las respuestas.

Hizo un clic en la pantalla del iPhone. Abrió el navegador. Entró en la página de Google. Y escribió: *Daidu*.

Uno

A David MacAvoy (Mack para los amigos), el vuelo a China le gustó mucho más que el de camino a Australia.

El vuelo a Australia había terminado cuando cierta princesa diabólica llamada Ereskigal (Risky para los amigos, si tuviera alguno), se transformó en un monstruo y lanzó a Mack fuera del avión a nueve kilómetros de altitud sobre el mar.

En este vuelo, de Sidney a Shanghái, se encontraron con algunas turbulencias, el baño de primera se quedó sin toallitas de mano y sirvieron pescado. Pero nada de eso había sido tan espantoso como la caída de nueve mil metros por el aire helado hasta un océano Pacífico infestado de tiburones. Después en Shanghái cambiaron de avión y volaron hasta Pekín.

Mack iba acompañado por Jarrah Major, la segunda componente de Los Magníficos Doce. Y por su antiguo abusón y actual guardaespaldas, Stefan Marr.

Stefan podía pasar por adulto porque a pesar de que iba al mismo curso que el «doceañero» de Mack, él tenía quince años y unos músculos como los de los chicos que anuncian máquinas para hacer ejercicio en la teletienda.

Si alguien preguntaba, decían que Stefan era el «hermano mayor» de Mack y de Jarrah. Entender cómo un rubio musculitos tan odiosamente guapo podía ser hermano de un chico con una pinta tan normal como la de Mack, o de una chica que tenía el color de piel propio de una indígena australiana, ya era cosa de la imaginación de cada uno.

Pero nadie se atrevía a cuestionar a Stefan.

Y si llegaban a atreverse, no repetían.

En cualquier caso, el vuelo hasta China fue relativamente normal, aunque Mack se pasó todo el rato agarrado al reposabrazos y gimoteando. Volar no le daba miedo pero tenía un miedo enfermizo a los mares y a los tiburones, y entre Australia y China hay mucho mar.

En un momento dado, Stefan le dio a Mack un coscorrón para que gimoteara más bajo. Mack no se lo tuvo muy en cuenta porque si Stefan no lo hubiese hecho, lo habría hecho el resto de pasajeros que tenía sentados a su alrededor. En los niños que no hacen más que sudar, temblar, tiritar, agarrarse al reposabrazos, sollozar y lloriquear no-quiero-morir hay algo que hace que la gente pierda los nervios.

Pero ahora Mack, Jarrah y Stefan estaban fuera del avión, en el aeropuerto de Beijing, esperando a que sus maletas salieran por la cinta transportadora. A su alrededor, estaban los pasajeros con los que habían viajado en el avión desde Australia. Todos tenían los ojos legañosos y cansados, y se apoyaban en los carritos de las maletas, mientras miraban los relojes e intentaban conseguir cobertura en los teléfonos.

Y todos se mantenían alejados de Mack.

Mack estaba hojeando unos billetes chinos que había sacado de un cajero después de aterrizar.

—No entiendo cómo va aquí el dinero. Voy a acabar pagando a alguien cien dólares por un refresco —murmuró Mack.

Y en ese momento Stefan le alertó.

—Tío —dijo Stefan—, mira hacia allá.

Un hombre muy anciano, vestido casi completamente de verde, se estaba acercando hacia ellos. Todavía se encontraba a unos cien metros y no se movía muy enérgicamente. Así que Mack tuvo mucho tiempo para decir:

—¿Trucha Paddy «Hierro Nueve»? ¿Aquí?

—Paddy Chiflady —refunfuñó Stefan.

Después sonrió, entrecruzó los dedos de las manos para chasquear los nudillos, y estiró los músculos de los brazos. Stefan sabía que antes de hacer el esfuerzo físico de pegar a alguien, es mejor estirar. Evita que luego te den calambres en los bíceps.

—¿Conocéis a ese tipejo? —preguntó Jarrah.

—Pertenece a la Nafia —dijo Mack.

—¿Qué? ¿A la Mafia? ¿Como Tony Soprano?

—Mafia no. Nafia —dijo Mack.

—Ah —dijo Jarrah, como si eso aclarara la situación.

Mack buscó su maleta con la mirada. Había un montón de maletas moviéndose con lentitud en la cinta transportadora, pero ninguna era la suya. Y eso era un rollo, porque si hubiera estado allí, le hubiera dado tiempo a recogerla, ponerla en el carrito junto a la mochila de Jarrah y la maleta de Stefan, e irse tranquilamente.

¿Trucha Paddy «Hierro Nueve»? No era un tipo que se moviera precisamente rápido. Pero Mack sabía que el bastón con el que se apoyaba Hierro Nueve al andar era una espada. Así que aunque Hierro Nueve tuviera casi cien años y fuera muy, muy, pero que muuuy lento, Mack no vio muy prudente esperarle. Si se quedaba ahí plantado el tiempo suficiente, le acabaría ensartando con su espada.

—¿Quieres que vaya hacia allá y le dé una paliza? —preguntó Stefan, con ese tipo de expresión de esperanza que ponen los cachorros hambrientos cuando piensan que tienes una galletita para ellos.

—Siempre y cuando él no empiece, no —dijo Mack—. ¿Qué diríamos a la policía? No se puede ir por ahí pegando a abuelos centenarios.

Hierro Nueve llegó al otro extremo de la cinta transportadora. Se quedó allí como el resto de la gente, como si estuviera esperando una maleta. Pero a diferencia del resto, se quedó allí plantado, con sus ojos hundidos, legañosos y de loco clavados en Mack.

Mack sintió el impulso de saludarle.

Al parecer, Hierro Nueve vio la maleta que estaba esperando. Tenía un alegre estampado de cuadros escoceses. Hierro Nueve se agachó y la cogió con gran esfuerzo. Pero no, no estaba realmente intentando cogerla. Estaba...

Mack oyó el sonido de una cremallera.

Hierro Nueve se rió, mostrando unos dientes como los de un caballo loco. Se reía, con un sonido chirriante lleno de malicia.

—Os advertí que no... —dijo, pero después alzó un dedo, indicando que necesitaba un momento. Rebuscó dentro de su americana verde y sacó un tubo de plástico y una mascarilla.

Hierro Nueve inspiró oxígeno una, dos y tres veces.

—¡Que no me retaseis! —terminó Hierro Nueve.

La maleta a cuadros escoceses dio la vuelta a la cinta transportadora. Con la cremallera desabrochada.

¡Se abrió de repente! Una pequeña mano, llena de costras y a la que parecía que le faltaban dos dedos, destapó la parte superior de la maleta.

Cuando Mack vio lo que la maleta contenía, gritó. También lo hizo Jarrah. Y aunque cueste creerlo, también lo hizo Stefan. Y no eran gritos de alegría. Eran más bien gritos de «¡Aaaaaarg!».

—¡Ja, ja, ja! —se reía socarronamente—. ¡Levantaos, mis duendes lepercons! Levantaos y…

Se detuvo para inhalar varias bocanadas de aire más en su mascarilla de oxígeno mientras todo el mundo —Mack, Jarrah, Stefan y los lepercons— esperaban.

—¡Matad! ¡Matad por la reina Pálida!

La maleta estaba llena de seres vivos, pero Mack no había visto nunca nada igual. Tenían el tamaño de gatos caseros regordetes. El aspecto era más o menos humano, pero las piernas eran muy largas comparadas con el cuerpo. No llevaban ropa, pero tenían los torsos recubiertos con un discreto pelaje blanco con manchas negras.

Parecían unos cachorros de dálmatas. Pero de monos no tenían nada. Los lepercons no te despertaban el instinto de decir «Oooh…»; sino más bien el de gritar «¡Aaah!». Principalmente porque tenían unas caras leprosas y desfiguradas, que a Mack le recordaron a unos calcetines de deporte hechos una pelota, y unas bocas caídas como de muñeca.

Daba la sensación de que habían nacido con el número habitual de dedos de las manos, de dedos de los pies y de narices, pero la carne al rojo vivo que se veía más allá del pelaje estaba toda raída, masticada, y en ella faltaban cosas que tenían que estar allí.

—¿Ha dicho «leprechauns»? —preguntó Jarrah.

—Lepercons, estúpida —dijo Hierro Nueve mirando de reojo. Refunfuñó:— ¿Y tú quién eres, por cierto?

—Jarrah Major —respondió—. Encantada de... Bueno, quizás no.

Dentro de la maleta, había aproximadamente una docena de lepercons apretados como sardinas. Unas sardinas enfermas, insanas.

Salieron de la maleta con rapidez.

Y Hierro Nueve se volvió a reír mientras desabrochaba la cremallera de otra maleta con cuadros escoceses.

De ambas maletas salieron lepercons.

Salieron de un salto. Luego se detuvieron un momento en la cinta transportadora para abrir un bolsillo que cada una de las maletas tenía en el lateral. De los bolsillos sacaron un sinfín de armas puntiagudas que parecían agujas de tejer. Se las pasaron de mano en mano y después, ya armados, se abalanzaron sobre Mack, Jarrah y Stefan.

Dos

Mack reaccionó de forma inteligente; cosa que nadie haría si una docena de duendes enfermizos con pinta de dálmatas, dedos dispares y piernas deformadas, le atacaran con agujas de hacer media.

Gritó: «¡Aaah!». Y corrió.

Los lepercons era rápidos. Por lo menos, los que todavía tenían los dos pies. Algunos le perseguían renqueando sobre un pie, porque tenían una pierna entera, pero solo parte de la otra.

Estos últimos eran más lentos.

Mack sintió el pinchazo de una aguja en la parte de atrás de la pantorrilla izquierda. No le penetró los vaqueros, pero le dolió y gritó.

—¡Oye, para ya!

Porque normalmente eso funciona.

Sintió un segundo pinchazo en la nalga derecha.

Mack divisó a una mujer pequeña que tiraba de una gran maleta con ruedas. Le arrebató la maleta y gritó:

—¡Perdón!

Después dio un giro rápido sobre si mismo y lanzó la maleta contra los lepercons que le estaban atacando.

Tres de ellos cayeron al suelo como bolos y soltaron palabrotas.

—*¡Agara! ¡Agara! ¡Agara!*

Bueno, lo que seguramente eran palabrotas en el idioma de los lepercons.

Pero el resto saltó rápidamente fuera de la maleta y en menos de lo que canta un gallo todos estaban pisándole los talones a Mack.

Le estaban clavando las afiladas agujas en los vaqueros y en la camiseta sin causarle mucho efecto, pero una aguja le dio en la palma de la mano izquierda, y le brotó sangre.

Un lepercon especialmente persistente trepó hasta el hombro de Mack por la espalda. Sintió que la punta de la aguja le penetraba en una oreja. Avanzaba a brincos, pero sentía que la aguja le pinchaba incesantemente una y otra vez.

—¡Oye! ¡Que eso duele!

Mack se giró y, agarrando un trozo del pelaje moteado, alzó a la criatura por encima de su cabeza. La sujetó de una pierna y usó al monstruito como si fuera un palo, blandiéndolo para golpear a los otros.

¡Plof!

Mack golpeó a uno de los lepercons con bastante precisión, pero después la pierna que estaba sujetando se desprendió; sin más. Se la quedó mirando con cara de bobo. No le salía sangre, ni le colgaban arterias ni coágulos.

De hecho, el extremo que se había despegado de la pierna parecía un trozo de queso azul añejo. Probablemente era queso stilton.

Aunque también podría haber sido gorgonzola.

Mack quería vomitar. No era nada agradable de ver. Ni de oler. Y si fuera queso azul... No. ¡No, no podía serlo! Odiaba el queso azul. Lo que era peor:

sentía una profunda y asquerosa repulsión por el queso azul.

—¡A Jasnafar le han partido una pierna! —dijo un lepercon a gritos.

—¡Venguemos a Jasnafar!

—*¡Agara! ¡Agara!* —gritaba ahora Jasnafar con solo una pierna.

De un salto se levantó sobre la pierna que le quedaba, mientras que del lado cojo le supuraba el producto pegajoso tipo queso azul, y se afanó a clavarle a Mack una aguja en el pie.

—¡Déjame! ¡Déjame! —gritaba Mack—. ¡Nooo, nooo! ¡No me toques! ¡Nooo, es roquefort!

Jarrah y Stefan estaban los dos liados con sus propios lepercons. Mack vio de reojo cómo Jarrah se sacaba de encima a un lepercon con tanta fuerza que este salió rodando por el suelo y chocó con un niño chino, que se lo sacó de encima con una patada de fútbol.

Stefan tenía a uno de los lepercons sobre su rostro. Mordió con fuerza y escupió la mano de un lepercon.

Stefan también tenía una aguja clavada, ya fuera en la cabeza o en el pelo —con un poco de suerte en el pelo— y estaba demasiado ocupado como para ir a rescatar a Mack.

—¡Idiotas! —gritó Hierro Nueve—. ¡Id a por el chico! ¡El chico!

Después de eso, el anciano tuvo que sentarse e inhalar más oxígeno. Se sentó en la cinta transportadora encallado entre una gran funda negra para trajes y una maleta de tela gris, y empezó a girar en ella lentamente.

Mack dio un puñetazo a uno de los lepercons. En toda la cara.

¡Plof!

El queso azul salió disparado de la nariz, la boca y las orejas de la criatura.

Mack sintió un dolor agudo. La aguja de hacer media estaba allí clavada, sobresaliéndole del cuello.

—¡Oye! —gritó.

Se desclavó la aguja y vio que le salía un puntito de sangre.

Ahora Mack estaba enfadado y aterrorizado.

—¡De acuerdo, hasta aquí hemos llegado!

Moviéndose con ligereza, clavó la aguja al lepercon más cercano. Lo atravesó con facilidad. Alrededor del pinchazo, salió una sustancia viscosa.

Mack pegaba patadas, puñetazos y se agitaba violentamente como un niño en mitad de un ataque epiléptico; aunque en su cabeza todo era como en Mortal Kombat. Pero agitarse violentamente no le servía de mucho, y los lepercons decidieron obedecer los gritos ahogados y mortecinos de Hierro Nueve; habían dejado en paz a Jarrah y a Stefan para ir a por Mack. Los tenía a todos encima. Se tambaleaba solo del peso.

Pero el espantoso miedo que le provocaba la sustancia viscosa que supuraba de las múltiples heridas de los lepercons era lo peor de todo.

Mack tenía detectadas veintiuna fobias; miedos irracionales. Ahora no tenemos tiempo de detallarlas todas, pero el abanico comprende desde el miedo a los títeres al miedo a las mismas fobias; es decir, fobofobia.

Lo que tienen las fobias es que no son miedos racionales, como el miedo a los payasos, a las coles de Bruselas o a los programas basura. Las fobias están a un nivel completamente distinto. El miedo a las fobias crece y crece hasta que en pocos instantes la persona pierde la cordura.

Y esto es lo que le estaba ocurriendo a Mack. El asco al viscoso queso azul —tan repugnante como el hedor a sobaco de un futbolista— se le estaba metiendo a Mack en lo más hondo de su cerebro.

Por supuesto, la fobia dejaría de ser un problema si moría. En cuestión de minutos, o segundos, podía pasar que a Mack le clavaran una de las agujas en una arteria o en un globo ocular, o que le atravesaran una oreja. Entonces se dio cuenta de que esto no era una pelea cualquiera: era una cuestión de vida o muerte.

Mack podía usar unas palabras, en Vargran, para detener el tiempo y escapar. Pero tratar de recordarlas era difícil con una docena de duendes endemoniados apuñalándolo con agujas y un miedo enfermizo descargando todo tipo de sustancias químicas en su cuerpo.

¡Después le vino a la cabeza! Recordó la orden en Vargran. *Ret click-ur.*

Tampoco era tan difícil, pero mientras estaba formulando la frase, una aguja se le clavó en la encía. No le dolió demasiado, solo se la raspó. No le saltó un diente ni nada así. Pero el lepercon estaba echándose para atrás. Se había agarrado a la camiseta de Mack con una mano, se había abalanzado sobre su pecho y estaba intentando clavarle la aguja de tejer en el cuello.

Mack mordió la aguja con fuerza. La sujetó firmemente con sus dientes, que seguramente en pocos años iban a necesitar aparatos de ortodoncia.

Intentó empujar al lepercon, pero lo tenía encima. Por lo menos seis de ellos le invadían el cuerpo, tirando de él, agarrándole de la camiseta y del pelo, del cinturón, de la nariz y de las orejas como si fueran puntos de sujeción para escalar.

Y olían a zapatillas de vagabundo.

La aguja raspó los dientes de Mack. Si abría la boca para pronunciar el hechizo, moriría.

—*¡Esk-ma belast!*

Pero no fue Mack quien dijo esas palabras, sino Jarrah.

Estaba hecha un desastre, tenía los pelos de lado y recubiertos con baba de lepercon. Parecía asustada, salvaje y furiosa.

Stefan asestó un golpe de talón a uno de los lepercons, que salió despedido como un globo de agua tóxica. Se desclavó la aguja del pelo, se rio felizmente —porque para Stefan aquello era como una fiesta— y corrió (¡por fin!) a ayudar a Mack. Pero Mack ya no necesitaba tanta ayuda. El lepercon que tenía sobre el hombro se cayó pesadamente al suelo. El que tenía en el pecho —el que estaba intentando clavarle la aguja en el cuello— se estaba transformando. La pequeña y arrugada cara de trapo se le estaba suavizando, se le estaba haciendo más grande y más regordeta. Las arrugas se le estaban rellenando. Entrando en carnes.

Mack sentía que el peso de la criatura aumentaba. Notaba que la camiseta se le estaba haciendo más y más grande, hasta que el lepercon no pudo agarrarse más y se resbaló, gruñendo («*Agara... Agara...*»), y cayó al suelo.

Mack miró a su alrededor de forma salvaje. Todos los lepercons estaban creciendo. Se hacían más grandes. Más pesados. Ya no tenían el tamaño de gatos rechonchos; sino de bolsas de basura bastante llenas. Y seguían creciendo.

No se movían mucho.

En esos dedos amorcillados, las agujas parecían diminutas.

Mack escupió la aguja que tenía en la boca y dijo:

—Guau.

—Ya —recalcó Stefan. Parecía decepcionado.

Jarrah, se les acercó. Los lepercons tenían ahora el tamaño de una vaca. Espectadores anonadados miraban la escena con sorpresa y terror. Algunos sacaban fotos con los móviles. YouTube estaría recibiendo algunos vídeos realmente raros. Los dedos se movían sobre las pantallas con rapidez; la noticia ya estaba llegando a Twitter. Otros viajeros, agotados, arrastraban impasiblemente sus maletas como si esos monstruos leprosos rellenos de queso que crecían a gran velocidad solo fueran un obstáculo más que superar.

—¿Qué has hecho? —preguntó Mack a Jarrah, respirando con dificultad.

—Fue lo único que se me ocurrió. No domino muy bien el Vargran —dijo Jarrah.— Intentaba decir «venid». Quería que me siguieran lejos de aquí.

—Te hubieran matado —dijo Mack.

—¡Venga ya! —dijo Jarrah—. Solo lo habrían intentado.

Mack interceptó una mirada de admiración de Stefan. Jarrah era el tipo de chica que le gustaba.

—Creo que lo que debo de haber dicho es «creced», en lugar de «venid». «Creced, monstruos».

—¿«Creced, monstruos»?

Jarrah parecía avergonzada.

—Ya, esto se podría haber puesto muy feo, ¿eh?

Los lepercons seguían creciendo. De hecho, estaban invadiendo la zona de las maletas. Los lepercons no estaban hechos para tener el tamaño de globos aerostáticos, así que se sentían tan indefensos como babosas. Unas babosas grandes, gigantescas.

—¡*Agara!* —insultó el lepercon de una pierna.

—¿Ah, sí? ¡*Agara*, tú, enorme bestia sinvergüenza! —espetó Jarrah.

Mack vio su maleta en la cinta transportadora. La cogió y la metió en el carrito de las maletas entre el equipaje de Jarrah y de Stefan.

Hierro Nueve se estaba acercando transportado por la cinta, todavía atrapado entre una gran funda negra para trajes y una maleta de tela gris.

—¡Tú no vas a ninguna parte! —gritó Hierro Nueve con furia—. Voy a por...

Se detuvo. Rebuscó en la chaqueta la mascarilla de plástico. Respiró. Respiró.

Respiró.

Respiró.

—¡Ti!

Mack respiraba con tanta dificultad como Hierro Nueve. Había perdido el miedo a morir, pero ahora estaba rodeado de lo que serían miles de kilos de salsa calentita de queso azul o de algún tipo de producto parecido. Hierro Nueve estaba intentando ponerse en pie sobre la cinta transportadora, pero como estaba sentado bastante abajo, con las piernas a un lado, tuvo que valerse del bastón para poder levantarse. Desafortunadamente, como Hierro Nueve se movía, el suelo también se movía y no pudo sujetarse al bastón... Bueno, ya os lo podéis imaginar.

—¿Sabes lo que cuestan los lepercons? —gritó Hierro Nueve.

—¡Déjame en paz, viejo chiflado! —gritó Mack.

—Te seguiré...

Respiró. Y respiró.

Y después la cinta transportadora condujo a Hierro Nueve hasta la enorme, creciente, hinchada e invasiva nalga de un gigantesco lepercon.

Así que Mack no pudo oír muy bien lo que Hierro Nueve iba a decir. Solo oyó una especie de queja similar a «¡Mmmf, mmmf!».

—Vayámonos de aquí —dijo Jarrah—. Este lugar apesta.

—Azulopestifobia —dijo Mack—. Miedo al queso azul.

—¿Es que te va a dar ahora uno de esos ataques tontos tuyos? —preguntó Stefan.

—No, si me dejas K.O. de un puñetazo, me metes en un taxi y no me despiertas hasta que esté metido en una ducha —dijo Mack.

Cinco segundo más tarde, Mack estaba tendido sobre el equipaje. Stefan lo arrastraba —felizmente inconsciente— hacia la salida.

Tres

Ahora vamos a contar todo lo que no hemos explicado antes.

En otras palabras, vas a leer un texto «expositivo». Utiliza esta palabra en una clase de lengua. Tu profesor se quedará con cara de «¡Guau, alguien me está prestando atención!». Aunque bueno, en realidad, eso sería un poco triste.

David «Mack» MacAvoy era un chico con una pinta normal que vivía una vida normal en la (casi) normal ciudad de Sedona, Arizona. Mack no tenía ni idea de que iba a recibir una llamada que le encomendaría salvar al mundo de una espantosa fuerza del mal.

Una espantosa fuerza del mal de la que no había oído hablar jamás.

Todo el mundo cree que algún día la Tierra podría acabarse debido al calentamiento global, o por el impacto de un asteroide gigante o por la explosión del Sol, o porque el planeta salga de su eje o caiga en un agujero negro errante, o porque el cráter repleto de magma que hay bajo Yellowstone explote (Ah, ¿esta no la sabías? Bueno, mejor no pensarlo.), o quizás porque una plaga convierta a la gente en zombis.

Asteroides, la explosión del Sol, el calentamiento global, agujeros negros, cráteres con magma y un alzamiento apocalíptico de zombis; eso podría pasar perfectamente. Son cosas que sabemos que existen.

Pero nadie tenía la más remota idea de que en el siglo veintiuno la reina Pálida estaba a punto de ser excarcelada del Ultramundo, donde había estado presa durante tres mil años.

Siempre ocurre la catástrofe que menos te esperas. Aunque Mack se lo esperaba casi todo. Al fin y al cabo, Mack tenía una larguísima lista de fobias.

Tenía aracnofobia o miedo a las arañas. Dentofobia o miedo a los dentistas. Pirofobia o miedo al fuego (algo irónico considerando que una vez usó un hechizo en Vargran para crear una especie de mini sol mientras luchaba contra Ereskigal). Tenía pupafobia o miedo a las marionetas. Tripanofobia o miedo a las inyecciones. Talasofobia o miedo al mar; lo que conlleva, como es bastante natural, la selacofobia o miedo a los tiburones.

Y como se dijo antes, fobofobia, que es el miedo a desarrollar más miedos.

La madre de todas las fobias que tenía Mack era la claustrofobia o miedo a los lugares pequeños y cerrados. A que lo enterraran vivo. No es que haya alguien a quien le guste eso, pero es que a Mack se le ponían los pelos de punta solo con pensarlo.

Pero a pesar de su estrecha relación con el miedo, Mack no sabía que había una reina Pálida que iba a salir del Ultramundo.

(Por cierto, si ya sabes todo esto porque leíste el primer libro, puedes saltarte este capítulo y pasar al siguiente. No herirás mis sentimientos.)

El papel de Mack en esta historia que se remonta a hace tres mil años. Empezó un día en que Stefan Marr iba a darle un buen par de tortas —una paliza, no un desayuno—, porque Stefan era el rey de los abusones de la escuela Richard Gere (¡Arriba, equipo!).

Justo cuando la paliza estaba a punto de empezar, apareció Grimluk. Como un fantasma. Con efectos especiales. *Tachiiin tachaaan.*

La aparición de Grimluk congeló el tiempo durante unos segundos, mientras le daba a Mack las malas noticias. Resumiendo: «Tío, eres parte de un grupo escogido llamado Los Magníficos 12. Tienes que dejar la escuela, reunir al resto de Los Magníficos que se encuentran por las cuatro esquinas de la Tierra, aprender una lengua mágica llamada Vargran y derrotar a la reina Pálida cuando salga de la cueva del Ultramundo.»

Esas no fueron exactamente las palabras de Grimluk. Entre otras cosas, porque Grimluk no hubiera dicho nunca la palabra «tío».

Por desgracia, Grimluk no podía sentarse y mantener una larga y agradable charla para explicarle todo, ya que solo podía hacer apariciones breves; por lo general, en la superficie cromada y reflectante de una parte del váter. Así que Mack tenía que actuar en base a una información muy limitada.

El golem que Mack descubrió en su habitación, tampoco le proporcionó una información muy detallada.

Un golem, como ya sabrás, es una especie de robot hecho de barro. El creador del golem escribe unas instrucciones y se las pone en la boca. Después el golem cobra vida y hace lo que las instrucciones le manden.

En el caso del golem que estaba en la habitación de Mack, el mensaje decía: «Sé Mack». Así que el golem se esforzó todo lo que pudo en parecer y en imitar a Mack. Puede que no fuera tan bueno como para engañar a alguien que le observara muy de cerca, o a alguien que conociera muy bien a Mack, pero a los padres de Mack los engañó.

A pesar de que Mack tenía un golem, no salió corriendo a salvar el mundo. Mack había sido testigo de la (apestosa) aparición de Grimluk, y le había creído a la primera, pero no era tonto: necesitaba más información para no cometer ninguna imprudencia al lanzarse a la aventura.

Esa información llegó cuando Trucha Paddy «Hierro Nueve», intentó asesinar a Mack llenándole la casa con un montón de serpientes venenosas. Y después, ese mismo Hierro Nueve intentó atravesar a Mack con una espada mientras él... mientras Mack... Estooo... Estaba usando el urinario de pared en el baño de los chicos.

Tras conseguir escapar de las serpientes y de la espada, Mack fue atacado por unos skirrits, que invadieron el colegio e intentaron matarle. Los skirrits son una de las razas del mal que obedecen las órdenes de la reina Pálida. Parecen saltamontes gigantes que andan de pie. Saltamontes, quizás mantis religiosas o, posiblemente, cigarras. En cualquier caso, tenían pinta de insecto y eran tan altos como un hombre bajito.

Claro está, la escuela Richard Gere necesitaba algunos carteles nuevos. Tenía un cartel que prohibía las drogas, otro que prohibía fumar tabaco, otro que prohibía llevar armas y otro que prohibía el alcohol. Había otros que prohibían las bicicletas, los monopatines, los patines en línea y las motos. Y también había otro que prohibía los iPods, los iPhones y todo lo que empieza por «i». Incluso había un cartel que proclamaba con orgullo que la escuela era una zona libre de armas nucleares y otro diciendo que era una zona libre de cacahuetes.

De modo que, si algún día un terrorista fabricara un cacahuete nuclear, estarían a salvo.

Pero no había ningún cartel que prohibiera estar allí a los asesinos de la Nafia ni a ninguna especie de insectos bajo las órdenes de la Madre de Todos los Monstruos.

El hecho de que las serpientes casi le asesinaran y de que los skirrits le persiguieran mientras iba en una limusina, convenció definitivamente a Mack de que tenía que salvar el mundo. Además, en la limusina había una joven y elegante mujer que se llamaba Rose Everlast, que trabajaba para una empresa de contabilidad muy famosa. Rose entregó a Mack y a Stefan unos pasaportes con nombres falsos y una tarjeta de crédito vinculada a una cuenta en la que había un millón de dólares.

Así que, llegados a este punto, ya lo sabéis todo.

Excepto que la princesa Ereskigal, según la mitología griega se llamaba Perséfone y, según la mitología escandinava, Hel. No era muy querida bajo ninguno de sus nombres.

Por suerte, Mack había usado un hechizo en Vargran que convirtió a Risky en una tostada quemada. Se fue.

Muerta. Vaporizada. Ya no suponía un problema. Era un fantasma. Historia.

¿Te lo estás tragando? ¿No?

Pues haces bien en sospechar que no. Porque la princesa Ereskigal es muy, pero que muy difícil de matar.

Cuatro

HACE UNOS CIEN AÑOS, MÁS O MENOS...

Podrías pensar que Trucha Patrick, el temible asesino de la Nafia –al que llamaban Paddy y, también, Hierro Nueve– era fruto de una mala educación.

Pero no. Lo suyo no le venía solo de una mala infancia.

Patrick Joseph había nacido dieciocho segundos después que su hermano gemelo, Liam Sean. El nacimiento tuvo lugar en la parte de atrás de una carretilla de avena en la sucia calle que quedaba entre el pueblecito de Loathbog y la ciudad de Trollbog.

A los segundos de haber nacido, Paddy estaba intentando morder el cordón umbilical de su hermano. Por supuesto, Paddy no tenía dientes (igual que cualquier otro recién nacido), así que lo único que hizo fue morder a su hermano con las encías hasta cansarse; mordisqueaba y lloraba como hacen los recién nacidos.

¡Ñec, ñec, ñec, buaaaaa! ¡Ñec, ñec, ñec, buaaaaa!

Era un bebé muy malo.

Tanto Loathbog como Trollbog estaban en el condado de Grind. El condado de Grind se conocía por sus bonitos paisajes de impactantes campos verdes, por sus cerdos de color rosa brillante y por el whisky de color ámbar claro.

La familia Trucha se dirigía hacia Trollbog para vender su carga de avena. Nadie cultivaba mejor la avena que los Trucha, y la madre Trucha acababa de estrenar su fama por las varias recetas con avena que cocinaba: avena, avena con sal, cereal de avena, pan de avena, avena chamuscada, avena a la plancha, avena estofada, avena a la barbacoa, brocheta de avena, avena ahumada, fondue de avena, pastel de avena, pan de molde de avena, tarrina de avena, Grimos (parecidos a los Cheerios, pero distintos), avena rellena con turba, avena al césped, avena con tres tipos de líquenes, avena sous vide (fue una pionera de la técnica), avena con pies de cerdo, avena con morro de cerdo, avena con reducción de pies y morros de cerdo, estofado de órgano-de-cerdo-que-nadie-tiene-ni-la-más-remota-idea-de-qué-parte-es, avena con whisky y, cómo no, papilla de avena.

Lo normal sería que Patrick y Liam crecieran y se encargaran de la granja. De hecho, los educaron para que se preocuparan de eso y poco más. Una vez, Patrick comentó que había gente a la que le gustaba el pan de trigo, y su padre le asestó inmediatamente un porrazo con una barra de pan de avena.

No con una barra de pan duro, porque eso le hubiera matado.

A los nueve años, Patrick ya podía identificar todos los tipos de plagas de la avena: el criocero, el pulgón amarillo, el tronchaespigas, el gusano gris, los halcones y las liebres.

¿Queda claro? Él intentaba ser bueno. Pero el pobre era pura maldad.

En fin: por mucho que Patrick se esforzara en aprender la ciencia de la avena, Liam, que había nacido antes, acaparó toda la atención de su padre. La razón era que en el condado de Grind había una ley del primogénito que establecía que el primer hijo lo heredaba todo. El segundo hijo era una especie de pieza de repuesto. Una especie de empleado sin sueldo. Patrick solo heredaría la granja si Liam moría.

Pero Liam gozaba incluso de mejor salud que Patrick. Así que no iba a tener tanta suerte.

A no ser que…

Pero el asesinato se miraba con malos ojos en Loathbog, especialmente si era fratricidio. El castigo que se imponía era que cuatro caballos fuertes te arrastraran y te descuartizaran. Ahora bien, como en Loathbog nadie se podía permitir tener caballos, usaban cerdos. Y como los cerdos no eran lo suficiente fuertes como para hacer trizas a una persona, aquello no era exactamente una sentencia de muerte. Pero era humillante, y fácilmente te podías dislocar un hombro.

Los coches se acababan de inventar, así que se estaban planteando usar coches para llevar a cabo el arrastre y el descuartizamiento. Pero claro, cuando no te puedes comprar un caballo, tampoco te puedes permitir un coche. Y es que, venga ya… ¿Coches en

Loathbog? No. En Loathbog, eran cerdos los que tiraban de los carros. Después de todo, el condado de Grind no era exactamente el condado Esnob.

El condado Esnob era odiado por todos.

Un día, cuando Patrick tenía unos doce años, su padre tuvo una pequeña charla con él. Se sentó sobre una bala de heno de avena y dijo:

—Esto... Espera, lo tengo en la punta de la lengua... ¡Patrick! Eso, ya sabía yo que al final recordaría tu nombre.

—Mis amigos me llaman Paddy —respondió con sequedad.

—¿Tienes amigos? Ja, ja, ja, ja, ja. ¡Esta sí que es buena! —el señor Trucha le golpeó en la rodilla—. No me cabe duda de que tienes un don para las zalamerías, así es, así es, moscardón mujeriego.

«Te podría atravesar con una horca, viejo», pensó Patrick, pero se calló.

—Bueno, iré al grano... Esto... Paddy. O como te llames. Como bien sabes, tu hermano, Liam, va ha heredar la fábrica cuando tu santa madre y yo salgamos a rastras de las vicisitudes de esta vida. Cuando eso suceda, lo normal sería que te quedaras trabajando para Liam.

Patrick produjo una especie de gruñido leve mezclado con un bufido de culebra.

—Pero a Liam no le gusta mucho la idea de tenerte merodeando por aquí intentando matarle.

—¿Yo? —dijo Paddy de forma inocente—. ¿Intentar matarle? ¿Yo? ¡Qué tontería! ¡Soy inocente! ¡Esa falsa acusación me duele profundamente!

Después se inclinó acercándose a su padre y gruñó:

—¿Quién te lo ha dicho?

—La cuestión es, hijo mío, que no podemos tenerte aquí siempre intentando matar a tu hermano. Te vamos a mandar a América.

—¿A América?

Los últimos nueve años, tu madre ha estado ahorrando todo el dinero que ha ganado en los concursos de cocina de avena de la Feria del Condado de Grind, y ya disponemos del dinero para mandarte al extranjero.

—Un momento. ¿Ha estado ahorrando dinero desde que yo tenía tres años?

—No, nada de eso, jovenzuelo. Eso fue la primera vez que ganó un premio monetario. Dios te bendiga, hemos estado intentando conseguir ahorrar el precio del billete desde que tenías cuatro meses, cuando solo teníamos para tu primer cuchillo. Especialmente desde que nuestro granjero ayudante Tommy O'Doul desapareció. Por cierto, ¿no sabrás por algún casual dónde está Tommy, no, jovenzuelo?

—Niego rotundamente todas las acusaciones, y me niego a responder cualquier pregunta que me pueda incriminar —dijo Paddy.

—Vaya, te irá bien en América.

Y así es como Patrick Trucha, alias Paddy, se fue de Loathbog y del condado de Grind y partió en un barco hacia la tierra de las oportunidades.

Cinco

De nuevo en Pekín, Stefan y Jarrah cogieron un taxi para ir al recién inaugurado hotel Nueve Dragones.

Era un hotel increíble. Bonito. Caro. Elegante. Y todas esas cosas. Mack se despertó en el ascensor, gimoteando y quejándose del queso azul, así que tan pronto como llegaron a la habitación, Stefan lo arrastró hasta el baño, dejó correr el agua de la ducha y lo metió dentro.

Mack se duchó y usó varias sustancias para lavarse: jabón de manos, jabón de baño, gel corporal de mandarina y champú. Después empezó de nuevo la ronda. Y por fin se sintió limpio de todo aquel apestoso queso azul.

Salió con la piel irritada y rosa, envuelto en un albornoz afelpado, y aparentemente con muchas menos ganas de quejarse. Jarrah se había agenciado una chocolatina del minibar y estaba de pie junto a Stefan, que estaba mirando por una de las ventanas cuya altura se extendía del suelo al techo.

—¿Chicos, sabéis que se os olvidó comentarme que hay un viejo lunático que quiere mataros? —observó Jarrah.

—No pensé que nos fuera a seguir —dijo Mack. Se tiró de espaldas sobre la cama, que era increíblemente blanda. En esa habitación había dos camas, y otra en la habitación de al lado.

—Creo que Grimluk mencionó algo sobre una trampa. No me quedó claro. Pensé que me lo estaba imaginando. Pero supongo que la trampa era esa.

—La posibilidad de que haya una trampa es algo de lo que deberías avisarnos —dijo Jarrah—. Aunque después de todo, aquí estamos, frescos como una rosa. No te preocupes tanto.

Este libro va sobre Mack, no sobre mí. Yo solo soy su Golem. Así que no hace falta que leas esta parte. A no ser que quieras leerla. ¿Quieres leerla? ¿Estás sosteniendo el libro de lado para poder leerla? ¿Te está mirando la gente porque estás leyendo un libro de lado? ¿Te sientes un poco estúpido? Yo me siento muy estúpido. Como el otro día, cuando se puso a llover y los pies se me empaparon y empezaron a deshacerse. Llegaba tarde al colegio así que no tenía tiempo para detenerme y volver a colocarme el barro. Al llegar a clase, iba andando sobre mis rodillas. Me sentí estúpido. Y corto. Después los niños empezaron a gritar.

Jarrah era una chica alegre, de las optimistas. Mack deseaba poder ser así (alegre y optimista, no una chica).

Stefan estaba mirando la carta del servicio de habitaciones.

—No puedo leer esto.

Jarrah le cogió la carta, pasó las hojas que estaban en chino hasta llegar a las que estaban en su idioma y se la devolvió.

—Ya —dijo Stefan.

—Ha sido raro, ¿verdad? —dijo Jarrah pensativa—. Me refiero a que dijera el hechizo en Vargran y que pasaran cosas. Es decir, es raro, ¿no?

Mack alzó la cabeza.

—Alguna gente puede que piense eso. La gente cuerda.

Jarrah mordió la barrita de chocolate pensativa.

—Lo que quiero decir es que es raro pensar que haya hablado Vargran antes. Mientras estaba con mi madre y ella estaba trabajando en la pared de la cueva de Uluru. Adivinamos el significado de las palabras. Pero nunca había pasado nada. No así. No de forma sobrenatural.

Stefan dijo:

—Solo hay comida china. O sándwiches.

Tiró la carta y encendió la televisión.

—Creo que existe algún tipo de relación entre la persona y las cosas que puede hacer con el Vargran —dijo Mack—. No sé. Lo he puesto en Google, en Bing y en Wolpham Alpha; en todos los buscadores. No hay mucho sobre el Vargran.

—¿Crees que volverán a encogerse? ¿Los lepercons, digo?

Mack asintió con la cabeza mirando el televisor, en el que estaban dando las noticias. Salía el exterior del aeropuerto. Había coches de policía y ambulancias con las luces centelleantes.

Un pequeño grupo de trabajadores empujaban unas carretillas llenas de esa sustancia que parecía queso azul fundido. Los bomberos habían enchufado unas mangueras y estaban rociando a algunas personas malhumoradas y a sus maletas.

La noticia la retransmitían en mandarín —uno de los dos dialectos chinos principales— así que nadie entendió qué decían. Pero Mack intuía que dirían algo tipo «¡Santa Fajita, el aeropuerto ha sido invadido por unas criaturas gigantes que supuran una especie de queso apestoso! ¿Qué demonios está pasando?»

—Esto del Vargran mola —dijo Stefan—. ¿Puedo comprarme una chocolatina con arroz hinchado, no? Y tú, Jarrah, pronuncias tu abracadabra mágico y la conviertes en una chocolatina gigante.

—Sí, y acabaremos aplastados y convertidos en un turrón cremoso —dijo Mack.

—No. Solo habría que comerlo —dijo Stefan, poniendo una cara como si Mack fuera idiota.

—No sé qué se supone que tenemos que hacer —dijo Mack. Se levantó y se dirigió hacia la ventana donde estaban Jarrah y Stefan. Se encontraban en el piso veintiuno. Era el atardecer; las luces de toda la ciudad se estaban encendiendo.

—Tenemos treinta y cinco días —dijo Mack—. Tenemos que encontrar a los diez niños que faltan. Y me temo que no va a bastar con ir a la escuela de secundaria más cercana. Así que vamos a tener que… Bueno, no sé qué vamos a tener que hacer exactamente. Grimluk dijo que teníamos que encontrar las fuerzas antiguas y desconocidas. Y que, sobre todo, tenemos que aprender Vargran.

—Bueno, mi madre está trabajando en cómo descifrar más palabras —dijo Jarrah—. ¿Por qué nos mandó Grimluk aquí, a China?

—Todo lo que Grimluk dijo fue que nos dirigiéramos a los nueve dragones de Daidu. Si no lo hubiera buscado en Google, ni siquiera habría sabido que Daidu era el nombre con el que antaño se conocía a la ciudad de Pekín. Y solo hay un hotel llamado Nueve Dragones. Así que, aquí estamos.

—Aquí es donde encontraremos al siguiente del grupo, ¿no? —dijo Jarrah—. Entonces, ¿qué hay en China, unos mil millones de personas? Pues venga, ya podemos empezar a preguntar por ahí.

—Salgamos a por algo de comer —dijo Stefan.

—¡Solo tenemos treinta y cinco días! —gritó Mack.

—Aún así tenemos que comer —dijo Jarrah—. Y aquí estamos, ¿no? Salgamos, a ver lo esencial. Quizás el tercer miembro de Los Magníficos Doce esté en el McDonald's de la esquina.

—Se está haciendo de noche —dijo Mack, pero como objeción fue floja, porque Stefan y Jarrah ya estaban saliendo.

El hotel estaba situado en una avenida ancha. El tráfico no era denso, pero era peligroso. Había más bicicletas que autobuses, más autobuses que taxis y más taxis que coches particulares. Pero ninguno de ellos parecía preocuparse demasiado por los semáforos.

Los Magníficos Dos y Stefan tenían un mapa que les habían dado en el hotel. Tenían marcada la localización del mercado nocturno, el Donghuamen.

En serio. Realmente se llama así.

La recepcionista del hotel les había dicho que si querían comer, tenían que ir allí. Se veía el luminoso resplandor del mercado a unos cuantos bloques de distancia.

—Está justo al lado de la Ciudad Prohibida —dijo Mack mientras le daba la vuelta al mapa.

—Prohibida —dijo Stefan con una sonrisita—. Ya, bueno, para mí no está prohibida.

Jarrah se rio.

—Así se habla, tío.

(Nota del autor: Se me ha olvidado contar que Mack se había quitado el albornoz. Así que si seguíais imaginándooslo todavía en albornoz, no; vestía ropa normal.)

Mack leyó una breve descripción que había en el mapa.

—En la actualidad, la Ciudad Prohibida está abierta al público. Es un complejo gigantesco con palacios. Tiene numerosos palacios, museos y otras cosas, y alberga nueve mil novecientas noventa y nueve habitaciones. Antaño nadie podía entrar. Quien entraba moría inmediatamente. A no ser que fuera un eunuco.

—¿Qué es un eunuco? —preguntó Stefan.

Mack se lo explicó, y como consecuencia Stefan se dirigió hacia el mercado nocturno de Donghuanmen andando de forma un poco extraña.

El mercado tenía unas cuatro docenas de tenderetes luminosamente muy intensos con unos toldos a rayas de color rojo cereza en la parte superior. Todos los dependientes llevaban gorros y delantales rojos, y gritaban con insistencia a todo el mundo que pasaba. Estaba muy limpio y bien organizado, y olía a pescado fresco.

La comida allí era bastante fuera de lo común. La mayoría de los manjares se presentaban en forma de brochetas. Como un pincho moruno. O una brocheta de gambas. Pero en estas brochetas no había gambas.

Había brocheta de capullos de gusano de seda.

Brocheta de saltamontes fritos.

Brocheta de escarabajos fritos.

En serio, no me estoy inventando nada de esto.

Brocheta de caballitos de mar fritos.

Brocheta de estrellas de mar fritas.

Brocheta de escorpiones fritos.

Y brocheta de serpiente frita enrollada en el palo.

Parecía que la filosofía de Donghuanmen era: ¿Es muy raro? ¡Vale, pues pínchalo en un palo!

La gente era en su mayoría china, y en su mayor parte no comían ningún tipo de brocheta. Había quienes comían unos bollitos rellenos de carne y de verduras, otros señalaban trozos de pescado y se los freían en unos woks extremadamente calientes. Y otros masticaban unas frutas glaseadas de colores muy brillantes.

Los que comían esas brochetas de ay-mi-madre eran los turistas americanos, ingleses y australianos.

—Ya. Esos de allí tienen una especie de insectos —dijo Stefan—: Una brocheta de insectos.

—A ti eso no te da miedo, ¿no? —se burló Mack.

Stefan estrechó los ojos y le lanzó una mirada

furtiva a Mack, pero después vio que Jarrah le sonreía expectante.

—Si tú te atreves, yo también —dijo Jarrah. Tenía una sonrisa deslumbrante. O por lo menos, deslumbró a Stefan.

—¿Sí?

Mack hizo un gesto de desesperación con los ojos.

—No hace falta que lo hagáis, chicos.

—¿Estrella de mar? —sugirió Jarrah.

—¿Qué pasa? ¿Te da repelús comer serpiente frita?

—Que va, comeré serpiente frita, colega —le espetó Jarrah en respuesta—. La pregunta es: ¿eres lo suficientemente hombre como para comer un capullo de gusano de seda frito?

Mack pensó que estaban flirteando de una forma muy extraña. Dos locos retándose el uno al otro.

—Escorpión —dijo Stefan.

Jarrah le chocó los cinco.

—Eso es.

Se compraron dos brochetas de escorpión, y cada una contenía tres escorpiones pequeños.

Stefan dijo:

—Venga, a la vez…

Jarrah no le esperó. Mordió uno de los escorpiones y Stefan tuvo que apresurarse para seguirla.

—Estáis los dos como una cabra —dijo Mack mientras Jarrah y Stefan se reían y masticaban las colas de escorpión que les salían de la boca.

—Venga ya, no seas cobarde, Mack —le picó Jarrah—. Prueba por lo menos un saltamontes frito. Tampoco tienen tan mala pinta.

Mack puso cara de circunstancias y miró dudoso la bandeja de plástico repleta de saltamontes fritos.

—Bueno, a mí no me lo parece. Son demasiado parecidos a esos...

Las palabras se le atascaron en la boca. Los saltamontes se parecían a los skirrits.

Y uno de ellos, que llevaba una gabardina de color canela y un sombrero de fieltro bajo el que medio escondía su gigantesca cabeza de insecto, acababa de aparecer al lado de Mack.

Seis

—¡Skirriiiits! —gritó Mack.

Se alejó de un salto del tenderete y del skirrit con gabardina. Pero tenía a otro detrás de él, que le rodeó el cuerpo con sus brazos de insecto. El primer skirrit se sacó de dentro de la gabardina una espada curvada, como una cimitarra, con la que apuntó al pecho de Mack.

La multitud de turistas se estremeció cuando se dio cuenta de que un par de saltamontes gigantescos —distintos a los saltamontes que se estaban comiendo— estaban secuestrando a un niño.

La gente corría. Los vendedores y los cocineros de los tenderetes corrían. En cuestión de cuatro segundos, todo el mundo pasó de estar normal a estar sumido en el más completo pánico, y después empezaron los gritos y las carreras, y los woks por el suelo, los palos de los toldos rotos y el hielo tirado por la acera. También había comida por todas partes: la comida volaba, se caía y se arrastraba porque seguía viva.

Un enorme acuario de cristal lleno de pulpos se hizo añicos, y centenares de pulpos confusos se agarraron con sus ventosas a las piernas y a los pies con sandalias de la gente, y hasta a las ruedas de las bicicletas.

Esto último, de hecho, resultó bastante gracioso. Si algún día tienes la oportunidad, pon un pulpo en una de las ruedas de la bicicleta, móntate en ella y pedalea. Ya verás lo que pasa.

Después aparecieron las primeras llamas, cuando un wok caliente coincidió con aceite derramado en el suelo.

—¡Apartad, insectos! —gruñó Stefan.

Se abalanzó, dando puñetazos, sobre el skirrit que estaba sujetando a Mack con fuerza.

—Tiene un…

Mack quería gritar que tenía un cuchillo; pero no era exactamente un cuchillo y Mack no sabía muy bien cómo llamarlo, así que terminó simplemente gritando «¡Tiene un…!».

Pero Stefan había visto la espada. Con su fuerza bruta, levantó tanto al skirrit como a Mack con un solo brazo, los hizo girar y lanzó al skirrit directo a la punta de la espada del otro skirrit.

—¡Ayahgaaaaah! —gritó el skirrit apuñalado.

Agarraba a Mack con menos fuerza. Y acabó por soltarlo cuando Jarrah le tiró uno de los pulpos en su cara de insecto.

—Gracias —dijo Mack con un jadeo.

Pero el agradecimiento fue precoz. Todavía quedaba un skirrit.

Se acercó hacia Mack con la espada sin nombre desenfundada y lista.

—Morirás —dijo el skirrit.

Con una rapidez turbadora se cambió la espada de una mano a la otra y se abalanzó sobre él. La espada golpeó —*¡plof!*— una bandeja de plástico que Stefan usó como escudo.

La espada atravesó la bandeja de plástico pero se quedó clavada. Stefan le dio la vuelta a la bandeja, e intentó tirar con fuerza de la empuñadura para arrebatarle la espada al insecto.

Y claro… no funcionó.

El skirrit soltó la espada, dio un paso hacia atrás, pisó algo de hielo que había por ahí tirado, se tambaleó un poco y de una forma muy graciosa (casi como en los dibujos animados) se cayó de bruces al suelo.

Stefan fue rápido a por él. Pisoteó la espada del insecto y con el otro pie le pisó el exoesquelético brazo.

—¡Ayahgaaaaah! —gritó el skirrit.

Parece ser que así es como gritan los skirrit.

Stefan cogió la espada, sonrió y empezó a admirar el arma. Jarrah alzó la vista, admirando tanto a la espada como a Stefan.

Se oyó el sonido de unas sirenas acercándose. Por lo menos uno de los puestos de comida estaba en llamas. Su toldo a rayas rojas y blancas ardía y las llamaradas se elevaban en el cielo nocturno.

La multitud se había retirado un poco y todos y cada uno de ellos andaban a tientas con los móviles en la mano para sacar fotos y vídeos.

—No me apetece ser la sensación en YouTube dos veces en un mismo día —dijo Mack—. Vayámonos de aquí.

Dieron la espalda al caótico mercado que, a pesar de estar en llamas, seguía teniendo algo de alegre, y se abrieron camino entre la multitud que en ese momento corría a ver de dónde venían todos esos gritos.

Un grupo de gente en bicicleta casi los atropella.

Gente bajita en bicicleta.

Tan bajita, que llevaban unos bloques de madera atados a los pies para poder llegar a los pedales, y es que tenían las piernas menudas.

Mack se estaba dando cuenta de esta peculiaridad cuando le asestaron un golpe con un garrote parecido a un bolo.

Elfos Tong, pensó en sueños mientras se desmoronaba y daba vueltas por el desagüe de la consciencia.

Así es: daba vueltas por el desagüe de la consciencia. ¿Algún problema con eso?

Mack casi consiguió no perder el conocimiento del todo. Cayó sobre sus rodillas, y Jarrah volvió a ponerle en pie.

Los elfos Tong en bicicleta pasaron por su lado a toda velocidad, frenaron, se dieron la vuelta rápidamente y se precipitaron de nuevo hacia ellos.

—¿Tienes algún hechizo mágico para esto? —preguntó Stefan.

—Me encantaría comerme un gofre —dijo Mack.

Stefan y Jarrah interpretaron (con acierto) que el porrazo que le habían dado a Mack en la cabeza le había hecho perder un poco el juicio.

—¡Corramos! —le dijo Stefan a Jarrah.

—¡Completamente de acuerdo! —contestó Jarrah.

Entre los dos cogieron a Mack de los brazos y corrieron, medio guiándole y medio arrastrándole, mientras este explicaba la razón por la que el gofre de fresas era su preferido, aunque a veces también le gustaba el de plátano.

—Una vez probé una galleta con nubes y chocolate pero… —anunció Mack antes de perder el hilo de lo que decía.

Los elfos Tong estaban a solo unos pasos de ellos. Pero pedaleaban de forma rara. Stefan guió a Mack y a Jarrah hacia ellos, corrieron entre el tráfico y esquivaron los autobuses y los taxis que había en la calle.

Los elfos Tong cambiaron de dirección para seguirlos.

¡Paf! Un autobús se cargó a dos. La desdichada pareja salió volando por el aire y cayó delante de un taxi, que los volvió a golpear —*¡paf!*— y los tiró al aire todavía montados en las bicicletas para después darse contra un poste de luz.

—Me gusta el fúsbol —dijo Mack—. Pero no se me da bien.

—¡Por aquí! ¡Si seguimos a pie, nunca iremos más deprisa que ellos! —gritó Stefan, y él y Jarrah arrastraron a Mack, tambaleándose y apartando a la gente de la acera hasta llegar a una hilera de bicis aparcadas. Las bicis estaban atadas, pero Stefan todavía tenía la espada del skirrit.

¡Clonc! ¡Clonc! ¡Clonc!

Y ya tenía tres bicis sin cadenas.

—¿Puedes ir en bici? —le preguntó Jarrah a Mack.

Mack se irguió indignado y dijo:

—Podría ser uno de los hermanos Jonas.

—Creo que eso es un «no» —dijo Jarrah.

Stefan levantó a Mack y lo puso en el manillar de una bici. Con un leve esfuerzo Stefan alzó una pierna, se montó en la bicicleta, aguantó el manillar, sujetando a Mack con una mano para que no se cayera y pedaleó con fuerza.

Por la calle, rodearon el mercado en llamas con un montón de elfos Tong pisándoles los talones.

Pero en ese momento, justo delante de ellos, un bicitaxi.

Pequeño paréntesis: un bicitaxi se describe en la Wikipedia como un vehículo destinado al transporte de pasajeros y una forma similar a la bicicleta, accionado por tracción humana, y con capacidad para dos pasajeros adultos y el conductor.

Este bicitaxi en concreto lo pedaleaba un tipo larguirucho. Y en la parte de atrás tenía una especie de cabina, de color turquesa brillante con un fleco rojo decorativo y unas borlas doradas.

El bicitaxi se dirigía hacia Mack y Stefan a toda velocidad. El tipo pedaleaba tan rápido como podía.

Y sacando la cabeza por un lado de la cabina, blandiendo la hoja de su espada bastón y apuntando hacia delante como si fuera un caballero con una lanza, estaba Trucha Paddy «Hierro Nueve».

Siete

HACE UNOS CIEN AÑOS, MÁS O MENOS...

—¡Hasta la vista, hijo! —le gritaron los padres de Paddy mientras se despedían con la mano—. Te...

Se miraron el uno al otro, ambos esperando que el otro terminara la frase «Te echaremos de menos».

Pero al final no le salió ninguno de los dos. Así que se limitaron a repetir:

—¡Hasta la vista!

Paddy embarcó hacia América en el buque Su Majestad DiCaprio, un barco transatlántico de lujo.

Bueno, lo era si viajabas en primera clase. Porque el DiCaprio tenía siete clases distintas de camarotes.

En primera clase te trataban como a un rey. Tenías un camarote gigante, un mayordomo, una sirvienta, dos baños, lámparas de cristal, pomos de puerta de oro y maravillosas camas rellenas de suaves plumas.

En el baño había tres manijas: para el agua caliente, para la fría y para el jabón. La comida que servían era tan fresca que incluso se podían ver las gallinas que ponían los huevos que te comías y los cerdos que se convertirían en tu bacon.

Pero nada de eso importaba porque Paddy no iba en primera clase.

En segunda clase, de todas formas, se iba bastante bien, te daban un bonito y pequeño camarote. La habitación no tenía dispensador de jabón, y el papel higiénico era papel a secas, pero al menos era suave. A los pasajeros de segunda clase se les servía comida buena y saludable en el alegre comedor para los de segunda clase. No podías hablar con tu cerdo, cordero, pollo o vaca, pero te los podías comer.

Pero Paddy no iba en segunda clase.

La tercera clase era más rudimentaria, pero estaba bien. Te tenías que hacer tu propia cama, eso sí. Y las comidas te las servías tú mismo en un buffet donde había avena y cerdo.

No, tampoco iba en tercera clase.

La cuarta clase era donde viajaban los emigrantes más pobres. Tenían que cocinarse sus propias comidas sobre hogueras que se encendían en unos agujeros sobresaturados de gente bajo los sudorosos intestinos del barco, desde donde soñaban con ver la Estatua de la Libertad.

Paddy no iba en cuarta clase.

A los pasajeros que iban en quinta clase ni siquiera se les daba un espacio en el que extender una manta. Principalmente, porque se metían en las bolsas de la limpieza que después colgaban de unos ganchos. Se pasaban la noche mecidos de un lado para otro, golpeándose contra las paredes de acero cada vez que pasaban sobre una ola. El misterio de cómo conseguían colgar una bolsa en la que había alguien dentro les mantenía despiertos. Les servían las comidas al mismo tiempo que alimentaban al ganado que se cocinaría para las cenas de la primera clase. De hecho, era la misma comida.

Veamos, supongo que debería explicarme un poco porque puede que no estés muy familiarizado con los golems. Primero de todo, es «golem», primero «go» y después «lem». Pero no es «Gollum». Yo no soy Gollum. No me gusta. Gollum es el 90 por ciento hobbit y el 10 por ciento demonio. Mientras que un golem es 90 por ciento barro, un 7 por ciento ramitas, piñas, escarabajos muertos y pelusa. El 3 por ciento restante es fidelidad. Somos muy fieles. Cumpliré fielmente mi misión de sustituir a Mack mientras él no esté. Incluso sí en el colegio me ponen una falta grave por todo eso de que se me deshicieron los pies, y por los gritos y tal.

La quinta clase no soñaba con ver la Estatua de la Libertad porque en el caso de que aparecieran en la cubierta, los musculosos mayordomos del barco les asestarían un buen porrazo. La única vez que se les permitió estar en la cubierta fue en los juegos de gladiadores en los que se enfrentaban los unos a los otros en luchas en las que acababan hechos polvo mientras los pasajeros de la primera clase hacían apuestas.

¿La quinta clase? Un arduo lugar. Un lugar desagradable.

Pero Paddy no estaba en quinta clase. Le hubiera encantado estar en quinta clase.

Los que iban en sexta clase dormían en los baños de la quinta clase, o en las letrinas, como dirían antaño. Te dejaban sentar en uno de los retretes hasta que alguien necesitaba usarlo. Esta no era la mejor manera de pasar diez días, que es el tiempo que tardaba el buque Su Majestad DiCaprio en cruzar el océano hasta llegar a Nueva York.

Pero Paddy no iba en sexta clase.

Paddy iba en séptima clase. Y la séptima clase era una clase muy mala en el DiCaprio. A los pasajeros de séptima clase se les permitía embarcar, pero una vez dentro del barco las manadas de perros salvajes que vivían en la sentina los cazaban.

Lo perros salvajes eran descendientes de las mascotas que se habían escapado. Verás, es que a veces los pasajeros de primera viajaban con perros caniches, chihuahuas o pekineses. A lo largo de los años, algunos de estos animales se habían escapado de sus camarotes y se habían criado y multiplicado en los intestinos del gran barco.

Imagina, si quieres, a perros caniches mezclados con chihuahuas que con el tiempo se curtían y se convertían en perros salvajes que vivían en manada en las frías, húmedas y oscuras bodegas del barco.

Nadie querría verse en una situación tan espantosa.

Las sentinas se encuentran en el nivel más bajo del barco. Debajo de los motores. Ni siquiera están en los sótanos; es más bien como si el barco tuviera un sótano pero alguien hubiera excavado un foso debajo.

Las sentinas eran el lugar donde iba a parar toda el agua que se colaba en el barco. De la lluvia, del mar, la de fregar, el agua sobrante del váter, el agua que se derramaba del café, los resultados de los mareos, todo. A Paddy le llegaba por encima de los muslos. Olía a retrete.

Por lo que se refiere a la comida, los pasajeros de séptima clase tenían que atrapar a uno de los muchos caimanes que nadaban en aquellas frías y apestosas aguas.

Así que, en definitiva, ir en séptima clase era malo. De lo peor. Tanto como volar en un autobús.

Pero Paddy era un niño duro. Su primera noche en las sentinas se ganó el respeto de la manada de los perros salvajes al morder a su líder en la oreja y roerla durante tanto rato que, desde ese momento y para siempre, a ese perro lo llamaron Rex «Una Oreja» Plantagenet.

En su segunda noche, Paddy mató un caimán y se lo comió.

Llegado el momento en el que abandonó el DiCaprio —a los pasajeros de la séptima clase no les dejaron salir por la pasarela, sino que los lanzaron al agua y los hicieron nadar hasta la orilla— no solo tenía la tripa llena de sabroso sushi de caimán, sino que llevaba un par de botas de piel de caimán hechas a mano que iban a juego con un chaleco de caimán.

El look realmente chocó a los primeros neoyorquinos que lo vieron, porque Paddy no había tenido la oportunidad de secar, ni siquiera lavar bien, la piel de caimán. Así que sus botas de caimán arrastraban trozos de intestino de caimán.

Por lo menos, nadie le dio limosna.

Paddy fue directo del puerto a las oficinas centrales de la Sociedad de los Demasiados, que se encontraba en la cámara de los Demasiados. La Sociedad de los Demasiados ofrecía ayuda a lo inmigrantes recién llegados.

—¿A qué se dedica? —le preguntó la mujer de la recepción.

—Solía cultivar avena.

—Será muy útil aquí, en Nueva York. Tenemos muchísimos campos de avena.

—¿Está siendo sarcástica? —preguntó Paddy.

—Pues claro que no. Esta no es la ciudad de Nueva York que podría llegar a ser en el futuro, por ejemplo, en el lejano siglo veintiuno. Esta es la Nueva York de principios del siglo veinte. Y se lo crea o no, aquí todavía hay granjas. Un agricultor experto en avena como usted, si se esfuerza, podrá conseguir un trabajo de dieciséis horas al día, siete días a la semana y con unas condiciones inhumanas. Se casará con una bailarina, criará a unos diablillos maleducados, envejecerá de forma prematura y morirá de alguna enfermedad relacionada con la falta de higiene o debido al agotamiento. ¡Una suerte hoy en día! Casi me da envidia...

—¿Y qué otras opciones tengo? —preguntó Paddy.

La mujer se encogió de hombros.

—No encaja en nada que no sea el cultivo de avena o la banca; pero no lleva la vestimenta adecuada para ser banquero. Así que, siempre le quedará el crimen.

—Cuénteme más sobre eso del «crimen».

—Bien, veamos... Supongo que podría unirse a una banda de criminales, extorsionar a dueños de tiendas, robar bancos, vestir ropa con colores llamativos y, principalmente, pasarse el día sentado bebiendo con otros criminales entre golpe y golpe.

Paddy alzó un dedo con aire desenvuelto, señaló a la mujer y dijo:

—¡Bingo!

Ocho

—¡Mi color favorito solía ser el lila! —gritó Mack mientras Stefan y Jarrah pedaleaban desesperadamente.

Los elfos Tong les estaban pisando los talones.

Trucha Hierro Nueve estaba justo delante de ellos, listo para atravesarlos con la espada.

Era obvio que los sirvientes de la reina Pálida no se habían quedado sentados esperando a que pasaran los treinta y cinco días que quedaban. Querían cargarse a Mack cuanto antes.

O en el caso de Hierro Nueve, una muerte lenta.

Los vendedores, sumidos en el pánico, estaban intentando salvar a los pulpos y las brochetas de serpientes de las llamas. Todo el jaleo estaba iluminado por las alegres luces de neón que resplandecían desde los toldos rayados como caramelos.

Stefan tenía las piernas fuertes. Pero Mack no paraba de moverse y sacudía sin cesar el manillar, y eso le hacía ir más lento.

Mack no volvió del todo en sí hasta que vio el bastón-espada de Hierro Nueve a unos dos metros de él a punto de atravesarle como a un escorpión frito.

—¡Oye! —gritó.

Stefan intentó girar a la derecha para esquivar al bicitaxi, pero los rápidos elfos Tong le cortaron el paso.

—¡A la izquierda! ¡Más cerca! —gritaba Mack.

Stefan obedeció, o quizás solo se tambaleó, pero en cualquier caso, Mack alcanzó con la mano izquierda una bandeja mixta de brochetas.

Cogió las brochetas, se las cambió de mano, y con la espada letal de Hierro Nueve a solo a medio metro de su corazón, lanzó las brochetas como si fueran dardos.

Estos movimientos repentinos desplazaron a Stefan un poco más hacia la izquierda: se metió entre las llamas y resbaló con un par de docenas de langostas estresadas que, sin duda, deseaban volver al mar. (Las pobres lo tenían complicado.)

La espada no le atravesó por milímetros.

Las brochetas corrieron otra suerte. Bajo un destello de luz neón, Mack vio que una brocheta de caballitos de mar fritos se había clavado en la huesuda mejilla de Hierro Nueve. Mientras que en el sombrero verde de bombín que llevaba Hierro Nueve, se le había clavado una brocheta con capullos de gusanos de seda fritos.

Se alejaron del bicitaxi a toda velocidad. Jarrah iba la primera, pedaleando con vigor.

—¿Por qué voy montado en el manillar? —gritó Mack.

—¡Cuidado! ¡Vienen por detrás! —gritó Jarrah, señalando con el mentón hacia donde estaban los elfos Tong. De reojo, Mack pudo ver que el conductor del bicitaxi había girado el vehículo con brusquedad, para perseguir a las bicicletas que se escapaban.

Delante había una doble puerta alta, laqueada de color rojo y decorada con unos cerrojos de bronce tan grandes como la cabeza de un bebé. Dos guardias uniformados estaban cerrando una puerta enorme llena de filigranas por la que salía la brigada de limpieza.

Mack, Stefan y Jarrah se metieron a toda velocidad por ahí, y después oyeron que les insultaban en chino. Unos insultos que no eran muy distintos a los insultos de su idioma, porque los insultos forman parte de un lenguaje universal.

Los guardias cerraron las puertas detrás de ellos y dejaron a Hierro Nueve y a los elfos ciclistas al otro lado.

Por desgracia, los guardias le gritaban a Mack, a Stefan y a Jarrah, y hacían sonar sus silbatos de policía; de modo que a pesar de que las cosas habían mejorado, la situación seguía pintando mal.

—¡Tenemos que escondernos! —dijo Jarrah.

Se encontraban en una plaza enorme. Los edificios que había alrededor formaban las paredes de la plaza empedrada. Todas esas paredes eran de color rojizo, aunque en la penumbra era un poco difícil verlo bien.

Mack estaba intentando hacerse una imagen mental del mapa de la Ciudad Prohibida. Antes había echado un vistazo al plano, pero no había memorizado exactamente cómo era el lugar. Era un complejo enorme repleto de numerosos palacios; algunos grandes y otros pequeños, pero todos fabulosamente decorados con dragones, filigranas y personajes chinos.

Después de todo aquello, Mack todavía pensaba un poquito en el gofre.

—¿Hacia dónde? —preguntó Stefan.

Estaban dejando atrás a los guardias sin problemas, porque iban a pie. Pero Mack estaba seguro de que esos no eran los únicos guardias. En pocos minutos el lugar estaría repleto de guardias, de policías y, según intuía, de toda la armada china.

Las cosas se habían suavizado en la Ciudad Prohibida, pero no tanto como para dejar que dos yanquis y una australiana se dieran unas vueltas en bici por la noche.

—¡Seguid pedaleando! —gritó Mack.

Estaban subiendo por una de las rampas que llevaba a uno de los palacios principales.

—Si hay diez mil habitaciones —dijo Jarrah—, deberíamos poder encontrar un lugar en el que escondernos.

—Nueve mil novecientas noventa y nueve habitaciones —le corrigió Mack—. El palacio de los dioses tenía diez mil, y los emperadores no querían equipararse para no parecer engreídos.

Jarrah se lo quedó mirando. Mack se encogió de hombros.

—¿Qué? Yo me fijo en estas cosas.

—Tenemos que deshacernos de las bicis —dijo Jarrah—. Nos será más fácil escondernos si vamos a pie.

Se metieron por una de las entradas más humildes. Había una oscuridad casi total, veían gracias a la luz de las salidas de emergencia y a un foco que brillaba por encima de sus cabezas, en la distancia. Vieron un museo, una habitación cuadrada llena de relojes decorativos y otros muebles que vistos más de cerca resultaron ser también relojes.

—Un museo de relojes —susurró Mack. Había sacado el iPhone y estaba navegando en la red como un loco, intentando encontrar un mapa de la Ciudad Prohibida.

—Qué bonito —dijo Jarrah—. A mi madre le encantaría este lugar.

Stefan chocó de espaldas contra un enorme reloj que parecía extremadamente frágil y este se tambaleó.

Mack oyó el sonido de unos pasos.

Apagó la pantalla del móvil.

—Aquí —dijo Jarrah—. Alumbra un poco con la luz del teléfono.

Se encontraron con un reloj del tamaño de un armario con un mueble bajo decorado con elefantes, grifos y hojitas doradas. El reloj tenía unos tres metros de alto. Pero el mueble bajo no era mucho mayor que una caja de juguetes grande.

—Nos podríamos esconder aquí —dijo Stefan—. Los guardias se están acercando.

—¿Estás loco? —le susurró Mack—. ¡Yo ahí no me meto! ¡Es enano! Podríamos quedarnos encerrados para siempre. Sin aire. ¡Sería asfixiante! No podría respirar… Ya no puedo respirar… ¡Sería como si me enterraran vivo! ¡Imposible!

Los pasos se acercaban a toda prisa. Vislumbraron unos rayos de luz de una linterna que se movía con rapidez desde la entada más cercana.

—¡Tío! —susurró Stefan—. ¿Dónde te golpearon los elfos Tong?

Mack se señaló la sien izquierda. Así que Stefan le golpeó en la sien derecha.

Mack tardó un rato en recuperar el conocimiento. Entonces se dio cuenta de que tenía la cabeza metida en el sobaco de Stefan. Y la cabeza de Jarrah entre sus tobillos.

Le entró el pánico.

Mack abrió la boca para gritar, pero Stefan se la tapaba con la mano firmemente, de modo que lo único que podía hacer era gimotear.

—¡Mmmm, mmm, rrrggh! ¡Mf, ppp, rrrn!

—Creo que ya no hay nadie —dijo Jarrah.

—¡Mmmm, mmm, rrrggh! —gritó Mack mientras Stefan y Jarrah se desencajonaban.

—Voy a sacar la mano, Mack —dijo Stefan—. Nada de gritar, ¿de acuerdo?

Stefan soltó a Mack, que inhaló aire durante varios minutos, como haría Trucha Hierro Nueve después de una maratón.

—Lo siento —dijo Mack—. Me he dado cuenta de que estoy fatal. ¿Vale? Sé que estoy como una cabra.

Jarrah le dio unos golpecitos en la espalda.

—No te preocupes, colega; todos estamos como una cabra porque de lo contrario, no estaríamos aquí, ¿no?

Después con un tono más serio dijo:

—Ahí dentro he notado algo. Algo esculpido dentro del mueble. Déjanos alumbrarlo con la luz del teléfono.

Apuntó hacia el interior del mueble con la luz del teléfono.

—Sí. No lo veis, pero está esculpido en bajo relieve.

Cogió la mano de Mack y la puso sobre el grabado. Mack palpó unos resaltes y unas curvas complejas.

—Es decorativo —susurró.

—No. No lo creo. Lo tuve incrustado en mi nalga durante media hora.

Mack se centró y movió los dedos lentamente, con delicadeza por encima de la zona esculpida.

—Parecen letras.

Jarrah puso la cabeza sobre los hombros de Mack para mirar, y después se puso delante de él para palpar las letras.

—Creo que es Vargran. Las letras son iguales.

—¿Puedes leerlo?

—No todo. Solo un poco. ¿Notas esto? Es el número nueve. ¿Nueve serpientes? ¿Serpientes en una pared?

—Vi la película. ¡Buenísima! —dijo Stefan.

Mack aguzó el oído. Ya no se oían pasos. Los guardias se habían ido definitivamente para buscarlos en el resto de las 9.998 habitaciones.

—Sí, esto es Vargran —dijo Jarrah—. Nueve serpientes escondidas. Creo. Y después un problema de matemáticas.

—¿Un qué?

—Un problema de matemáticas: ¿qué son tres cuatros?

—¿Ocho? —supuso Stefan. Después, se hizo un silencio embarazoso.

—No se me dan muy bien las mates.

—Doce —dijo Jarrah. Dio un apretón a Stefan en el brazo, para reconfortarle:— Pero se te dan bien otras cosas.

—La pregunta es, ¿cómo vamos a salir de aquí? —dijo Mack.

Se giró de espaldas al mueble reloj, se puso en pie y notó que las rodillas le crujían del dolor. Justo a tiempo para ver que Hierro Nueve se encontraba allí avanzando hacia ellos con el bastón-espada.

Stefan le había visto medio segundo antes y fue medio segundo más rápido en reaccionar. Saltó delante de Mack. La espada le dio a Stefan en todo el pecho.

Stefan gritó de la sorpresa y del dolor.

Jarrah corrió hacia Hierro Nueve, le dio un empujón y este se cayó de culo. Después la espada salió por los aires y al caer giró en el pulido suelo de baldosas.

Mack cogió a Stefan mientras este caía pesadamente hacia delante.

—¡Tío! —gritó Mack.

—Ya —dijo Stefan. Se puso una mano sobre la herida. La sangre le brotaba entre los dedos.

Mack oyó gritos y pisadas que se acercaban muy deprisa. No podía saber si eran guardias o elfos, y probablemente no importaba.

—¡Corred! —susurró Mack.

Corrieron, con Stefan moviéndose a velocidad media y con cara de que pronto iba a ir más despacio.

Mucho más despacio.

Nueve

—¡Corred!

Corrieron. Salieron al patio. Docenas de linternas apuñalaron la oscuridad como si fueran sables de luz. Se oían gritos y voces en chino.

Mack no sabía qué gritaban, pero probablemente decían: «¡Cogedles!».

Pasaron al lado de un arco, subieron por una rampa y bajaron unas escaleras. Corrían a ciegas, sin tener ni idea hacia donde iban. Pero mientras corrían, Mack seguía pensando que en realidad debían detenerse, rendirse. Los guardias llamarían a una ambulancia para Stefan. Probablemente podrían salvarle la vida.

Pero si se rendían, expulsarían a Mack del país y lo mandarían de regreso a casa. ¿Qué pasaría con Los Magníficos Doce entonces?

Mack debía tomar una decisión. Condenar a Stefan o condenar al mundo. No era precisamente como escoger entre unos pantalones cortos o unos vaqueros. Se trataba de una cuestión de vida o muerte.

Pero pronto dejó de pensar en eso. Porque de golpe Mack, Jarrah y Stefan se habían quedado sin ningún lugar hacia el que correr.

Estaban atrapados. Los guardias los estaban cercando por tres direcciones, y en la cuarta solo había una pared decorada con unos azulejos. Diez linternas apuntaban a sus caras.

—Tenemos que rendirnos —le dijo Mack a Jarrah.

El teléfono de Mack sonó y él pegó un salto de medio metro en el aire.

—¡Aaah!

—Dos… Tres… Siete… ¡Nueve! —dijo Jarrah.

—¿Qué estás contando?

Hoy el profesor de Mack me dijo: «¿Dónde está la redacción de inglés, MacAvoy?» Yo le contesté: «¿En Inglaterra?». El profesor me lanzó una mirada asesina. «Su redacción de inglés, MacAvoy. La que mandé hacer la semana pasada». Como no le escuchaba, me quedé solo con la última parte de la frase, así que le contesté: «¡Sí, qué pasada, cómo está su hermana!». Y ahora tengo otra falta grave. Ya llevo dos. Creo que será mejor que llame a Mack para preguntarle esto de la redacción de inglés. Espero que no esté liado.

Mack sacó el teléfono. En la pantalla aparecía el número de teléfono de su casa. No podía responder, imposible.

—¡La pared! ¡Mira!

Mack miró hacia el otro lado por donde se acercaban los guardias. La pared decorada no tenía solo unos azulejos bonitos. Jarrah tenía razón: había nueve dragones de colores vivos en relieve a lo largo de los treinta metros que tenía la pared.

—Vaya —dijo Stefan, aunque no estaba apreciando la pared. Se estaba dando cuenta de que una pequeñas sombras aparecieron lentamente por detrás de los guardias mientras se acercaban.

—¡Atrás, flanes de gelatina temblorosos llenos de mocos! —dijo uno de los elfos Tong—. ¡Son nuestros!

Es posible que los guardias los entendieran. Pero es más probable que se quedaran simplemente pasmados al ver lo que estaban viendo.

Unos elfos vestidos de tiroleses.

Eso dejaría pasmado a cualquiera.

—¿Diga? —Mack gritó al teléfono—. ¿Quién es? ¡Estoy bastante liado!

—¡Hola Mack, soy yo, tu golem!

—¿Cómo? —se estremeció Mack.

—Estoy buscando la redacción de inglés. ¿Sabes dónde la puedes haber metido? Ya la tendríamos que haber entregado y nuestro profesor se…

—¿Qué? ¿Qué?

—La redacción de inglés…

—¡Ahora estoy bastante liado! —gritó Mack—. Está en mi portátil. En el archivo que se llama «Rollos inútiles».

—¡Gracias! Adiós, Mack verdadero.

Todas las linternas cambiaron de objetivo y pasaron a iluminar la nueva amenaza. Había unos diecisiete o dieciocho elfos Tong —Mack no se puso a contarlos—; cada uno de ellos armado con un garrote. Estaban atrapados entre los elfos y la pared.

—Estas babas andantes humanoides son nuestras —espetó el líder de los elfos—. ¡Así que apartaos por el bien de la reina Pálida, marionetas de trapo rellenas de mugre de cerdo!

Quedó claro que uno de los guardias entendió bien lo que había dicho. Se lo tradujo a sus camaradas. De repente, los guardias —hasta aquel momento decididos a atrapar a Mack y a sus amigos— cambiaron de objetivo.

Los guardias llevaban unos uniformes verdes con un cinturón blanco alrededor de la cintura y sobre el hombro derecho. Lucían unos botones de bronce y unas hombreras rojas, y las únicas armas que llevaban eran las linternas. Mack estaba bastante seguro de que los elfos iban a masacrar a los guardias.

Pero después uno de los guardias gritó una orden. Moviéndose todos a una, los guardias enfundaron las linternas, reposaron sus sombreros cuidadosamente a un lado de las baldosas y adoptaron unas posturas de artes marciales.

—¡Kiaaa!

¡Los guardias pegaron todos un salto!

¡Los elfos Tong se abalanzaron sobre ellos!

Golpes de kung-fu contra garrotazos de elfos Tong.

—Guay. Deberían hacer un videojuego de esto — dijo Stefan y después...— Aaaau. Me duele un poco el pecho.

—Los nueve dragones en Pekín —gritó Jarrah, para que la oyeran por encima de los sonidos de las patadas, gruñidos y golpes de kung-fu—. No era el hotel. ¡Era esta pared!

—Sí —le dio la razón Mack—. Pero cuando esta pelea termine, no estaremos ni en un lugar ni en otro.

Jarrah se quedó mirando la pared con total concentración, ignorando por completo la lucha que se estaba librando a sus espaldas.

—Los Magníficos Doce —dijo.

—No, todavía no —dijo Mack.

—En Vargran. ¡«Los Magníficos Doce» en Vargran! Recuerdo haber visto esto en Uluru. Era una de las claves para descifrar todo el alfabeto.

Y después lo dijo. En voz alta. En Vargran.

—*Eb Magga Ull-tway.*

¡Y no pasó nada! ¡Nada!

—No ha funcionado —dijo Jarrah, con un tono de voz sorprendido—. ¡Intenta decirlo tú, Mack!

Así que Mack dijo:

—*Eb Magga Ull-tway.*

La pared de treinta metros se inclinó hacia atrás y después se deslizó hacia abajo emitiendo un sonido un poco rechinante.

Apareció una amplia y oscura escalera que se metía bajo el suelo.

—Vaya, contigo funciona —dijo Jarrah haciendo un puchero—. ¿Bajamos o no?

Mack dudó. Si seguían adelante, Stefan podía desangrase y morir. Necesitaba un médico.

Stefan se había convertido en un buen amigo. Darse cuenta de eso sorprendió a Mack.

En el plazo de tan solo unos días, realmente, Stefan había pasado de ser su abusón personal a su protector. Mack se había dado cuenta de eso, le hacía de guardaespaldas. Pero hasta ese momento no se había dado realmente cuenta de que, de hecho, Stefan le caía bien.

A Stefan le habían herido mientras protegía a Mack. Eso decía mucho de él.

Pero el destino del mundo podía depender de aquella decisión. Y la palabra «trampa» le iba rebotando de un lado a otro del cerebro como si fuera una pelota de ping-pong hiperactiva.

Sí, las pelotas de ping-pong podían ser hiperactivas. Seguro.

Pero no era el mejor momento para que Mack se pusiera a pensar en los problemas psicológicos de las pelotas de ping-pong. Era un momento decisivo.

Stefan era su amigo. Pero como amigo seguro que querría que Mack salvara el mundo.

Mack cogió a Stefan con más fuerza. Y cruzó el umbral hacia un reino desconocido.

Diez

HACE UNOS NOVENTA AÑOS, MÁS O MENOS...

Después de desembarcar en América, Trucha Paddy, a quien muy pronto llamarían Hierro Nueve, había ido a la Sociedad de los Demasiados para que le guiaran en su carrera. Allí se enteró de que podría irle bien si se dedicaba al crimen.

La mujer de la Sociedad de los Demasiados lo mandó a Wall Street, donde las mejores organizaciones criminales tenían sus oficinas. Allí estaba el ayuntamiento de Five Points.

El ayuntamiento de Five Points era un espacio

grande y cavernoso construido en un enorme patio cercado. En ese patio había varios puestos, en los que se exhibían panfletos y literatura. Paddy pasó por el puesto de la banda de los Gallinas Heridos, que prometían bebidas, juergas, peleas callejeras y extorsión; por el puesto de la Mano Negra, que se centraba más en las comidas exóticas con aroma de ajo y que ofrecía una carrera criminal por muy gordo que se pusiera uno; y por la Kosher Nostra, puesto en el que se detuvo para hablar con el reclutador.

Le dijeron que la Kosher Nostra estaba metida en todo tipo de crímenes excepto en el de mezclar los productos lácteos con ternera.

—Pero después nos sentimos mal —dijo el reclutador de la Kosher Nostra encogiéndose de hombros.

—¿Después de mezclar ternera con productos lácteos?

—Después de realizar los crímenes. Esos *schmendriks* de allí... —dijo señalando hacia los Gallinas Heridos y los Mano Negra—. Esos hacen de todo, y después se comen unos canelones o se beben una botella de whisky. Pero nosotros no, nosotros nos sentimos culpables.

En la mano, sostenía una bandeja con pastelitos.

—¿Quieres un *rugelach*? Son de albaricoque. Están de miedo.

Paddy decidió que aquella organización criminal no iba con él. Después se fijó en el puesto más pequeño que había. Más que una puesto, de hecho, era una mesa de cartón en la que había un hombre con cara furiosa y ceñuda, vestido con un traje a rayas que le quedaba grande. Aquel hombre estaba jugando al solitario con una baraja de cartas sucia y doblada. Sobre la mesa había un bol a medio comer de una cosa que Paddy reconoció: papilla de avena.

—¿No te vas a terminar eso? —preguntó Paddy con atrevimiento.

El hombre de cara furiosa alzó la mirada para mirarle.

Una sonrisa burlona le deformó el rostro, que estaba mucho más deformado porque tenía una cicatriz que le iba de la esquina del ojo izquierdo al lado derecho de la mandíbula.

—No —espetó el hombre furioso—. Carece de cualquier tipo de interés. En su conjunto, es un plato insípido y sin imaginación.

—Prueba de añadirle una nueces tostadas —dijo Paddy—. Unas nueces tostadas y, en lugar de leche, prueba a echarle un chorrito de nata líquida. Y la miel de trébol le daría dulzura.

El hombre miró de reojo a Paddy.

—Tú no estás casado, ¿no?

—No.

—¿Tienes novia?

—No.

—Bien. La vida criminal es una gran vida. Pero no va con la vida del hombre casado. Es una vida solitaria, chaval. Una vida de violencia, dinero, ropa llamativa, más dinero y violencia otra vez.

—Intenté matar a mi propio hermano gemelo.

—Me gustas.

El hombre de cara furiosa asintió pensativo.

—Eres justo el tipo de jovenzuelo cruel, amoral y psicópata que estaba buscando.

Dejó la baraja de cartas sobre la mesa y se llevó la mano dentro de la chaqueta. Sacó una tarjeta personal.

La tarjeta tenía una única palabra: «Scarnose». Y una dirección.

—¿Eres Scarnose? —preguntó Paddy.

El hombre parecía un poco avergonzado.

—Quería ponerme Scarface, pero ya estaba pillado.

Miró a Paddy de arriba abajo.

—Así que quieres llevar una vida de criminal. ¿Tienes alguna objeción en servir a la sanguinaria Madre de Todos los Monstruos, que está tramando su lejano retorno para esclavizar a toda la raza humana?

—¿Yo? —dijo Paddy.

—Ve a la dirección que hay escrita en la tarjeta.

—Lo haré —dijo Paddy—. Dime, ¿cómo se llama esta banda?

Scarnose sonrió (en la medida en que era capaz de sonreír) y dijo:

—Acabas de entrar en la Nafia, chico.

La Nafia tenía un sistema de promoción muy rígido. El joven Paddy empezó siendo una «anguila». Las anguilas se pasaban el día haciendo recados y de vez en cuando asistían a clases de cultura y de técnicas criminales.

(Dicho sea de paso, la escuela de cultura y de técnicas criminales era bastante estricta. Si suspendías un examen, te metían en una camioneta de reparto de heces de caballo. Al segundo examen que suspendías, el profesor te colgaba boca abajo de una ventana en un segundo piso. Si suspendías un tercer examen, el profesor te sacaba uno de los globos oculares y te obligaba a comértelo. No era precisamente el método Montessori.)

A Paddy su vida como anguila le gustaba. Pero un día un niño mayor lo empujó para apartarlo de su camino, y Paddy golpeó al chico duramente con un pastel de frutas (menos mal que el pastel de frutas era blando, porque si no hubiera cometido un asesinato).

En este punto a Paddy lo ascendieron al puesto de «bribón».

Los bribones también tenían que hacer recados y asistir a algunas clases de vez en cuando, pero además se les daban encargos reales, principalmente de vigilancia.

Una vez, mientras estaba llevando a cabo una vigilancia, un agente de policía se acercó a Paddy. Paddy empujó al policía. Y le asestó un golpe con la porra.

Naturalmente, a Paddy lo ascendieron de bribón a «malhechor».

Los malhechores no hacían recados ni iban a clase, sino que eran más bien una especie de criminales freelance que se encargaban de robar tiendas, de mangar carteras y afanar relojes de bolsillo. (Esto pasó hace noventa años, ¿recuerdas? Entonces no había iPods que robar.)

A Paddy resultó dársele bien su trabajo. Fue malhechor hasta que cumplió los dieciséis; edad a la que lo ascendieron a «matón».

Ese ascenso le llenó de orgullo, porque Paddy fue la persona más joven en tener tal honor.

Matón de la Nafia: aquella era una posición bastante buena para Paddy. Era la primera vez que tenía a otros bajo su responsabilidad. Daba trabajo a un malhechor y a tres bribones.

En esa época Paddy no tenía preocupaciones y se sentía afortunado. Fue la mejor época de su vida.

Se solía levantar al mediodía, disfrutaba de un bol de papilla de avena y varios tragos de whisky, y después hacía la ronda por tiendas pequeñas y quioscos, cobrándoles dinero «a cambio de protección».

Paddy tenía un cierto encanto que hasta sus víctimas apreciaban. Una de ellas, Luigi MacMackenzie, testificó en un juicio que Paddy siempre amenazaba de forma educada:

—¿Qué prefiere, señor MacMackenzie? ¿Que le pegue con un ladrillo hasta que no pueda hablar sin babear? ¿O pagar?

Sus víctimas siempre apreciaban este tipo de cortesías.

Por desgracia, a Paddy no se le daba tan bien controlar a sus empleados. De hecho, la conclusión poco entusiasta de los jefes de la Nafia fue que Paddy nunca tendría don de gentes.

Así que su carrera dio un giro inesperado. En lugar de ascender de matón a maleante y de maleante a expoliador —una escalada que con el tiempo le hubiera llevado a tener una vida cómoda como jefe criminal—, a Paddy lo encaminaron hacia una senda más solitaria.

En esa senda escaló de matón a traidor y de traidor a asesino. A nadie le gustan del todo los asesinos. Uno de sus encargos principales fue el de despachar a algunos de sus compañeros de la Nafia por ser demasiado blandos, por ser soplones de la policía, por hacer demasiadas preguntas o por ir de graciosos.

Paddy actuaba como si no le importara.

—Oye, nunca quise tener una bonita casa en Nueva Jersey con una mujer rubia y dos niños difíciles.

Pero si ni siquiera me gustan los aros de cebolla.

Nadie entendió el significado de esta última frase, ¿pero quién se atrevería a preguntárselo? Paddy se había convertido en un tipo peligroso.

Fue en ese momento cuando sucedió lo que iba a cambiar el curso de la vida de Paddy: el jefe de la ciudad de la Mano Negra le invitó a ir a su club de campo para jugar al golf.

Este tipo se llamaba Ricotta Seis Dedos.

La partida de golf que jugaron cambió la vida de Paddy para siempre.

Once

En medio de la oscuridad, descendieron dando algún traspiés por los empinados escalones. Stefan iba apoyado en los brazos de Mack y de Jarrah porque casi no podía andar.

Mack miró hacia atrás y vio la pared de los nueve dragones que se estaba cerrando sin apenas hacer ruido. Un guardia perplejo miró hacia abajo, sacudió la cabeza como pensando que estaba soñando y después le asestó un golpe a un elfo.

Después, se hizo la más absoluta oscuridad.

El aire olía a moho, a polvo y a huevos podridos.

Mack cambió la mano con la que sujetaba a Stefan. Sacó y alzó el teléfono, para intentar ver con la tenue luz. No funcionó del todo; el espacio era demasiado grande.

Mala cosa, porque justo en ese momento Mack empezó a pensar en su historia *menos favorita*: «El tonel de amontillado», en la que emparedan a un tipo en un sótano.

Mack gimoteó.

Después, ¡se oyó una voz!

—¿Es el nuevo iPhone, o el modelo anterior?

Era la voz de una chica. Y parecía que realmente estaba esperando una respuesta.

—No... No estoy seguro —admitió Mack.

Con una cerilla, encendió una llamarada. A Mack le pareció que tenía el rostro con forma de corazón, unos ojos almendrados y el pelo oscuro.

La cerilla prendió. Con su fuego, encendió una antorcha. Después, llevó la antorcha a la pared, donde encendió otra antorcha y después, como cuando cae una fila de fichas de dominó, la llama se propagó de antorcha a antorcha en la distancia.

—Soy Xiao Long —dijo la chica—. Me podéis llamar Xiao.

Llevaba un ajustado vestido de seda turquesa bordado con hilos dorados.

—Yo soy Mack —dijo Mack—. Esta es Jarrah. Y Stefan, que necesita a un médico.

—Ya lo veo.

—¿Cómo podríamos salir de aquí y llegar a un hospital?

Xiao hizo un gesto como queriendo decir que el hospital estaba demasiado lejos. Después gritó: «¡Ah!». Parecía que se le hubiera ocurrido una solución, pero también que aquella solución no era de su agrado.

—Venid conmigo —dijo Xiao—. Os presentaré a mis padres.

—¿Es alguno de ellos médico?

Xiao ya se había dado la vuelta para guiarlos. Dudó.

—Ambos son… Bueno, pueden ser de ayuda. O mortales.

Mack estaba bastante seguro de que no había escuchado bien esta última palabra. Porque, estaba claro que era absurdo decir que sus padres podían ser mortales.

Caminaron por un largo pasillo. Era bastante ancho, tanto como la pared de los nueve dragones. Tenía una pendiente bastante empinada. Al final del pasillo, había tres ascensores enormes. No tenían puertas; eran solo unas plataformas suspendidas de unos cables tan gruesos como los bíceps de Stefan.

No había botones que pulsar. Una vez se montaron todos a la plataforma, bajó. Primero con lentitud. Después más y más rápido, tanto que las piedras y rocas de la pared pasaban ante sus ojos desdibujadas.

El ascensor redujo la velocidad, se detuvo, y Xiao los guió fuera de la plataforma. En ese momento se encontraron ante unas gigantescas paredes de acero decoradas con unas filigranas decorativas de oro auténtico. Por esa puerta podría pasar un camión de mudanzas. Y con todas las molduras de oro se podrían hacer un millón de anillos de boda.

Al acercarse Xiao, las puertas se abrieron silenciosamente hacia dentro dando paso a una luz brillante y a una fragancia a rosas.

Mack, Stefan y Jarrah cruzaron el umbral de la puerta y se quedaron helados. Estaban de pie en la parte superior de una larga rampa descendente que se extendía hasta un espacio que debía medir dos campos de fútbol de largo.

Al final había una caverna tan grande que Mack pensó que era imposible que aquello estuviera bajo tierra. Era increíblemente grande. Era tan grande como el Gran Cañón. Grande. Muy grande. De hecho, se podría haber metido la Ciudad Prohibida entera dentro de esta caverna y habría sobrado espacio para un par de centros comerciales enormes.

Mack, boquiabierto, contó nueve palacios inmensos, todos con acabados de color rojo, azur, oro y verde. Cada palacio tenía kilómetros y kilómetros cuadrados de césped y árboles podados con formas elaboradas. Entre todo ello, serpenteaba un río, como si fuera una calle líquida y centelleante. Unos ladrillos de color claro bordeaban el río y, ocasionalmente, este se desdoblaba para formar unas plazas con árboles que daban sombra.

No había ninguna otra calle ni sendero. Ningún coche. Ninguna bicicleta. Tampoco había ninguna persona, por lo que pudo ver Mack.

El cielo —el techo de esta increíble gran cueva— estaba pintado de color azul, y decorado con lo que debían de ser millones de imágenes de gente y animales, de montañas y de dragones. Como la Capilla Sixtina pero tan grande que la Capilla Sixtina hubiera sido solo un dibujo de aquellos.

Del centro del mismo techo azul, colgaba una olla de acero tan inmensa que en su interior podrían haber nadado ballenas azules. Pero esa olla celestial no contenía agua; contenía luz. La luz pasaba a través de unas siluetas recortadas y se reflejaba en el techo. Era un sol artificial.

—Bienvenidos a Long Xiang —dijo Xiao.

Stefan abrió los ojos e hizo un esfuerzo para focalizar la mirada.

—Vaya —dijo, y se cayó de nuevo.

—Ostras —dijo Jarrah.

—Guau —dijo Mack.

Xiao se retiró a un lado para que pudieran ver mejor. Justo en ese momento una cosa que se parecía tremendamente a una serpiente gigante empezó a salir de uno de los nueve palacios. Era difícil decir el tamaño que tenía desde tan lejos, pero parecía tan grande como una secuoya y tan larga como cuatro o cinco autobuses de punta a punta.

Era de color amarillo brillante con unas escamas que relucían a la luz del sol artificial.

No era una serpiente. Era demasiado grande para ser una serpiente. Además, tenía cuatro patas regordetas de lagartija. Y cada una de sus garras terminaba en cinco afiladas uñas.

Su cabeza era casi como de caballo. Pero tenía dos cuernos torcidos hacia atrás que le salían de las sienes; unos cuernos que debían de ser tan largos como los mástiles de una bandera. Tenía una boca feroz y a la vez sonriente, como si la criatura primero se fuera a reír de las cosas, y después se las fuera a comer.

Salía del palacio arrastrándose y contoneándose.

Después, sin alas, motores ni cohetes, alzó el vuelo.

—Es como… Es como… —dijo Jarrah. Pero estaba desconcertada por el hecho de que no sabía lo que esa criatura podía ser.

—¿Una serpiente voladora gigante? —propuso Mack.

—¡No es una serpiente! —dijo Xiao un poco enfadada, como si fuera una idea horrible—. Es mi padre.

—¿Tu padre? —dijo Jarrah con una sonrisa incrédula.

—Pero si es... No sé qué —dijo Mack—. Y tú eres...

Mack sintió como un pinchazo de alerta en la nuca. Mack solía darse cuenta de las cosas. Pero el increíble espectáculo que tenía delante le había distraído. Aún así, había oído un leve siseo, un sonido de arrastre que llegaba de donde se encontraba Xiao. Y se había dado cuenta de que su nombre, Xiao Long, contenía la misma palabra —Long— que el nombre de este lugar, Long Xiang.

Lentamente, Mack se giró.

Xiao era mucho más pequeña que su padre. Pero tenía un color turquesa claro con tiras doradas más intenso. Y escamas. Y las cuatro patas regordetas.

—Jarrah —dijo Mack.

—¡Aaaah! —gritó Jarrah.

—«Long» —dijo Mack—. ¿Qué significa en mandarín?

—«Dragón» —contestó Xiao—. Mi nombre Xiao Long significa «Dragón Joven». Y vosotros, Mack, Jarrah y Stefan, os encontráis en un lugar en el que el hombre no ha puesto sus pies en siglos. Long Xiang significa «La Casa del Dragón».

—Tío, creo que me estoy muriendo —dijo Stefan con un susurro.

Stefan se desmoronó de los brazos de Mack y empezó a caer rodando por la larga rampa.

Doce

El enorme dragón amarillo serpenteaba por el aire. El dragón turquesa, más pequeño, emprendió súbitamente el vuelo.

Y Stefan caía rodando por la rampa, dejando una pequeña mancha roja en la roca a cada vuelta que daba.

Mack y Jarrah salieron corriendo tras él, pero Stefan iba ya a bastante velocidad y la rampa era empinada. Era como intentar coger una pelota que rodaba cuesta abajo alejándose de ti.

Pero los dos dragones, Xiao y su padre, aterrizaron en la rampa delante de Stefan.

Mack sintió que el suelo temblaba por el impacto del aterrizaje.

Stefan rodó justo hasta las gigantescas garras del dragón. Se paró.

Mack y Jarrah llegaron sin aliento bajo la sombra de la monstruosa bestia llena de escamas. Tenía la cabeza tan grande como un coche. Los ojos eran como pelotas de playa.

Unas pelotas de playa enfadadas.

—He pedido a mi padre que ayude a este chico —dijo Xiao—. Ha aceptado.

—Sin embargo… —dijo el gigantesco dragón amarillo.

Solo había dicho dos palabras, pero fueron monumentales. Su sonido produjo una ráfaga de aire que echó el pelo de Jarrah hacia atrás. Hizo que Mack retrocediera un paso. Las palabras le vibraron por todo el cuerpo de arriba abajo, y le retumbaron en el interior como si fuera un flan de gelatina en medio de un terremoto.

—Sin embargo —dijo Xiao—, eso no significa que no vayáis a morir más adelante.

—Si podéis ayudarle, ¡hacedlo! —dijo Jarrah—. Nos arriesgaremos.

El padre de Xiao asintió con la cabeza. Después, con una delicadeza y un cuidado de los que Mack no pensó que fuera capaz, alzó una pata y extendió una garra y con una precisión extrema rajó la camiseta de Stefan para abrirla.

Cuando vio la herida, Mack puso cara de estar dudando. A Jarrah se le escapó un pequeño grito de consternación. Vieron que era peor de lo que pensaban. La herida estaba muy cerca del corazón de Stefan.

¿Cómo iba a poder seguir viviendo Mack si Stefan moría? Aquel miedo que sentía no era una fobia; era algo distinto. Algo más oscuro, algo que le encogía el estómago.

El padre de Xiao a continuación metió la punta de su garra justo dentro de la herida.

—¡Le vas a matar! —gritó Jarrah.

Los enormes ojos como pelotas de playa del dragón, con unas comisuras verticales que a Mack le recordaron a los ojos de un gato —y en los cuales un gato rechoncho hubiera cabido con bastante facilidad— se giraron rápidamente hacia Jarrah.

—Silencio, chica —dijo el dragón y, de nuevo, dicho con esa voz tan grave, hizo que tanto Jarrah como Mack pensaran que sería mejor limitarse a estar quietos y callados por el momento.

El dragón hundió la garra en la herida. Brotó un poco de sangre.

Después empezó a retirar la garra con lentitud, mucha lentitud. La sacó sin ningún rastro de sangre. Y cuando la hubo sacado del todo, el pecho de Stefan estaba curado, pero con una pequeña cicatriz rosada.

La cicatriz tenía la forma de un caracter chino.

Xiao se rio, y el gigantesco dragón esbozó lo que probablemente era una sonrisa, o una mueca de rabia; era difícil de decir.

—El caracter significa «afortunado» —explicó Xiao.

Stefan abrió los ojos. Alzó la mirada y clavó los ojos en el ser viviente más grande que había visto jamás. Razón por la que, en un estado de shock y extrema sorpresa, y obviamente sobrecogido por la emoción, dijo:

—Vaya.

Después se puso en pie de un salto, se miró la cicatriz y dijo:

—Qué guay. Es igual, o incluso mejor, que un tatuaje.

Jarrah se abalanzó sobre él y le abrazó. Un abrazo que ruborizó a ambos, tanto a ella como a Stefan. Y a Mack.

—Entonces, ¿de qué va eso de que igual morimos? —preguntó Mack a Xiao—. Era una broma, ¿no?

La expresión de su rostro era difícil de interpretar. Los dragones son inescrutables, por decirlo de una forma suave.

—Ya hablaremos —dijo misteriosamente—. Primero vayamos a mi casa. Yo te llevaré a ti, Mack. Mi padre llevará a Jarrah y a Stefan.

El padre dragón agarró con una garra gigantesca a Jarrah y con otra a Stefan, y sin ningún signo de esfuerzo se elevó y se alejó serpenteando por el aire.

Para Xiao fue un poco más complicado. Sus garras no eran para nada tan grandes.

—Súbete a mi lomo —le ordenó a Mack.

—Mmm, esto… —contestó Mack, seguido de algún que otro balbuceo igual de inteligente.

Y es que nunca había ido a ningún baile del colegio con una chica.

Pero al final, hizo lo que le ordenaron y consiguió sentarse sobre el lomo de Xiao.

Su piel no era viscosa. No es que fuera un experto en pieles de dragón, pero a Mack le sorprendió que las escamas fueran secas. La sensación era como de hojas gruesas. Como de un papel con vida, aunque también podría haber sido plástico.

Bajo las escamas todo era puro músculo.

—Sujétate a mis cuernos —dijo Xiao.

Sus cuernos era más pequeños que los de su padre, y se enroscaban como si fueran cucuruchos de helado blando con forma de espiral.

Mack se sujetó a los cuernos de Xiao. Apretó fuerte las rodillas. Pensó en cerrar los ojos, pero se dio cuenta de que era mejor dejarlos abiertos: siempre es preferible saber si vas a chocar contra algo.

Y después, sin hacer ningún esfuerzo ni gemido, Xiao alzó el vuelo serpenteando. Subieron muy alto, moviéndose de forma sinuosa, y aquello le recordó a Mack la vez que vio unas serpientes cascabel cornudas en el desierto de Arizona. En cuestión de segundos, estaban a medio camino del techo pintado de azul pasando por debajo de la olla luminosa.

Trece

El palacio —que parecía ser el más grande de los nueve— era un lugar alucinante.

Se parecía un poco a algunos de los palacios de la Ciudad Prohibida, pero los palacios de la Ciudad Prohibida, comparados con estos, eran versiones en miniatura.

Era grande. Una vez Mack vio un partido de béisbol en el estadio Chase Field, en Phoenix.

Pues ese palacio era tan grande como aquel estadio.

Pero a diferencia de Chase Field, el palacio era rojo. Rojo por fuera, y rojo y dorado por dentro. Mack pensó que no era pintura dorada, sino que parecía oro de verdad. Sillas de oro, lámparas de oro y adornos de oro.

Entraron en una habitación tan descomunal que sobre ese suelo encerado podría haber aparcado un avión de pasajeros. Y en el extremo más lejano había un trono sobre una tarima.

El padre de Xiao serpenteó hacia ese trono. Se medio sentó enroscando la cola hacia atrás.

—Debe de ser la silla más grande del mundo —dijo Jarrah.

—Yo ese sillón lo complementaría con una espectacular tele de pantalla plana —dijo Stefan.

—Mi padre no mira mucho la tele —dijo Xiao. Volvía a ser una chica guapa y delgada, con unos ojos delicados y una larga cabellera negra.

—Seguidme —dijo.

Caminaron (durante unos cinco minutos) para acercarse al trono. Mack no tenía del todo claro si quería acercarse demasiado. El enorme dragón amarillo le había salvado la vida a Stefan, pero a saber cuándo le iba a entrar hambre.

Al acercarse, lo que Mack pensó que podía ser un altar resultó ser un escritorio muy grande. Había unas enormes plumas —no eran bolígrafos, ni rotuladores, sino más bien pinceles— en unas fundas decorativas.

En una enorme —vale, venga, asumamos que aquí todo era gigantesco— estantería de pared había libros y pergaminos enrollados.

—Son los libros y poemas de mi padre —dijo Xiao alzando la mano.

—¿Se ha traducido Harry Potter al idioma dragón? —preguntó Mack.

—Mi padre lee en todos los idiomas —dijo Xiao con un poco de impertinencia—. Pero solo escribe en caracteres chinos. Todos esos de allí son los libros que ha escrito. Poemas, obras de teatro, cuentos, libros de historia y observaciones sobre la naturaleza, entre otros. Su especialidad son los pájaros cantores.

Y en ese preciso momento dos pájaros de color amarillo claro pasaron revoloteando, trazaron un círculo en el aire y se posaron sobre una de las manos del dragón. Los pájaros, por lo menos, eran del tamaño normal.

Finalmente Xiao se detuvo. Seguían estando a unos quince metros de la parte enrollada más cercana de la cola.

Su cabeza gigantesca estaba lejos, arriba.

Xiao dijo:

—Padre, quisiera presentaros formalmente. Ellos son Mack, Stefan y Jarrah.

Después, se giró educadamente hacia Mack y dijo:

—Te presento a mi honorable padre, Huang Long, el rey de los dragones.

Mack se le quedó mirando. Era difícil no hacerlo. A él también le estaban mirando fijamente, así que o bien le devolvía la mirada o bien se acurrucaba en posición fetal en el suelo y se ponía a lloriquear como un bebé.

—¿Cómo debo llamarle? —susurró Mack.

—No le llamas —contestó Xiao con un susurro—. Él habla. Tú respondes.

—Vale.

Huang Long, el rey dragón, habló. Esta vez, con voz más suave —porque usó su voz interior—, así que solo fue como estar en un concierto de rock, y no como estar al lado de un motor de avión.

—Dos de vosotros poseéis la *pujanza ilustrada* —dijo Huang Long—. No os alarméis porque pueda verlo; lo puedo ver casi todo.

Como no era una pregunta, Mack y sus amigos se quedaron en silencio. Quería gastarle una broma sobre cómo no iba a verlo todo, con esos ojos tan grandes que tenía. Pero Mack supuso que no era un buen momento para bromear.

—Sois parte de Los Magníficos —dijo Huang Long.

Suspiró. Tan profundamente que pareció que primero fuera a tragarse una bocanada enorme de aire y que después la fuera a exhalar en forma de un gran vendaval o de huracán suave.

—Así que —dijo lentamente el rey dragón—, ha llegado el momento. La reina Pálida se alza de nuevo. ¿Y quién va a detenerla ahora? Lo lleva esperando, tramándolo y preparándolo desde hace tiempo. Tiene muchos aliados. Sus poderes son enormes. Es malvada a más no poder. Y la loca de su hija ha alcanzado todo su potencial.

Todavía no había preguntas. Pero Mack estaba sorprendido de escuchar todo aquello. Porque ya era bastante convincente dicho por un espectro aparecido en el baño. Pero lo era mucho, mucho más en boca del rey de los dragones.

—Habéis venido a por el tercero de los vuestros —dijo Huang Long—. ¡Y, oh dioses, ya lo habéis encontrado!

—¿Eres uno de Los Magníficos Doce? —dijo Jarrah, en un tono tanto sorprendido como esperanzado—. Digo yo que, contigo, tenemos muchas más posibilidades de que nos vaya mejor.

El rey dragón pestañeó. Y volvió a pestañear.

Mack contuvo la respiración. Pero Huang Long decidió no ofenderse por haber sido interrumpido.

—No, boba, no soy yo —dijo—. Y después se rio.

¿Sabes lo que se siente al vivir un terremoto? (Probablemente no.) Pues la risa del dragón provocó algo parecido.

El suelo tembló, las paredes vibraron, y el interior de Mack tembló y se revolvió.

Huang Long se secó las lágrimas de la risa con la punta de la cola.

—Yo tengo cinco mil años —explicó—. No sois Los Magníficos Cinco Mil, sois Los Magníficos Doce.

Además tampoco soy un guerrero ni un héroe. Soy un intelectual. A mi humilde manera.

A continuación clavó la mirada en su hija, y la miró con unos ojos enormes y tristes.

—Ya sabíamos que este día iba a llegar, hija mía. Han pasado doce cortos años, pero llenos de felicidad, desde el día en que tu madre y yo te vimos romper la cáscara del huevo del que saliste.

Xiao hizo una reverencia.

—Estoy lista, padre.

El rey dragón negó con la cabeza lentamente.

—No, hija, no lo estás. Nadie está listo para encararse a la Madre de Todos los Monstruos. Cuando yo era joven, ella ya existía. Pero si alguien pudiera estar listo para algo así, serías tú.

Mack vio que de los ojos de Xiao brotaban lágrimas.

—Gracias, padre —susurró.

El teléfono de Mack sonó.

—¿En serio? —le preguntó a Xiao—. ¿Tenéis cobertura aquí abajo?

Miró la pantalla. Era el golem otra vez.

No era un buen momento. Silenció el teléfono. Le continuó vibrando durante un rato en el bolsillo.

—Puede que tú ya estés preparada para ello, pero yo no estoy preparado para verte ir. Y tu madre se enfadará si dejo que te vayas. Sin embargo tenemos obligaciones, unas obligaciones que tú, a pesar de ser joven, entiendes bien.

—Somos los defensores de la educación y de la cultura, del respeto a nuestros antepasados y a la tradición —dijo Xiao, como si lo estuviera recitando de memoria.

Huang Long asintió con la cabeza. Después de todo, a pesar de ser un dragón, estaba claramente orgulloso de su hija. Pero también estaba preocupado.

—¿Qué sabes de tu destino? —le preguntó Huang Long a Mack.

—No mucho —admitió Mack—. Todo lo que sé es que está la reina Pálida esta, y que la encerraron por unos tres mil años. Y que ahora va a salir. Y que se supone que tenemos que detenerla.

Huang Long parecía preocupado, dudoso, como si no supiera exactamente qué tenía que decir. Después respiró profundamente y dio un largo, largo suspiro. Un suspiro larguísimo.

Los dragones tienen unos pulmones muy grandes.

Mack estaba equivocado. No había ninguna redacción de inglés en su ordenador. Abrí el ordenador y dentro no había ninguna redacción. Ni siquiera creo que hubiera espacio para papel. He intentado llamar a Mack. No me ha contestado.

—Tienes que aprender Vargran. Aquellos que poseen la *pujanza ilustrada* pueden usar sus palabras con fines mágicos. Pero únicamente mientras son jóvenes. Y al ser joven la *pujanza ilustrada* no se domina bien. Mientras que al envejecer, la mente se vuelve demasiado rígida. De modo que el abanico de posibilidades es pequeño.

—Sí, hemos usado algunas palabras en Vargran —dijo Mack.

—Oh, sí —convino Stefan.

Después hizo un sonido sibilante, imitó una bola de fuego explotando, y señaló a Mack.

—«Boom». Fue épico.

—Grimluk te ha mandado aquí para que te reúnas con mi hija —dijo Huang Long—. Pero que estudiéis Vargran diría que es incluso más importante. Tenemos un libro muy antiguo de Vargran.

Frunció el ceño mientras miraba la estantería de libros.

—Es ese. El libro antiguo encuadernado con una piel de caimán teñida de rojo.

Mack miró hacia donde miraba el dragón y vio el libro. El libro que les iba a enseñar todos los secretos del idioma Vargran. El libro que les iba a dar el poder para salvar a toda la raza humana.

El libro medía aproximadamente un metro y medio de alto, dos metros de largo y medio metro de ancho.

—¿Lo tienes en un *pen drive*? —preguntó Mack—. ¿O quizás me lo pueda descargar?

Xiao negó con la cabeza.

—Este libro no está en formato electrónico.

—Debéis quedaros con nosotros durante algún tiempo y estudiar —dijo Huang Long—. En pocos meses…

—Señor, tenemos treinta y cinco días. Quizás treinta y cuatro, dependiendo de lo tarde que sea.

—Vaya.

El enorme dragón se mostró sorprendido. Empezó a contar con las garras.

—Sí, treinta y cuatro días. Nunca se me dieron bien las mates.

—Padre, tenemos que irnos pronto o podríamos fracasar —dijo Xiao.

El dragón parecía afligido.

—Tu madre y yo deseábamos que este día no llegara nunca, aunque sabíamos que podía suceder.

Todavía tenía la esperanza de que crecieras hasta que te hicieras mayor aquí en casa. Que algún día iba a leer feliz tus propios poemas y libros, y que aprendería de tus ensayos. Puede que ese día todavía llegue, pero la batalla que se avecina te cambiará para siempre. Xiao no dijo nada, se sentía demasiado triste para hablar.

Huang Long se inclinó hacia delante en toda su longitud. Mack pensó que le iba a dar un beso a Xiao —aunque no es que los dragones tengan labios precisamente—, pero se dirigió a Stefan.

—Tú —digo Huang Long—. Percibo tu coraje. ¿Protegerás a mi hija?

Stefan no parecía para nada asustado. Stefan necesitaba más que un dragón para asustarse. Pero se mostraba solemne.

—Tío —le dijo Stefan al rey de los dragones—, tú me salvaste la vida. Te debo una. Te la devolveré sana y salva. O moriré en el intento.

Eso pareció satisfacer a Huang Long. Se volvió a sentar en el trono.

—Vete, mi más perfecto pájaro cantor, ve a despedirte de tu madre. Después, con tus compañeros, reunid a Los Magníficos Doce y salvad el mundo.

Fue un momento bonito. A Mack le hubiera gustado tener el valor para sacar una foto.

Pero el momento no duró mucho.

Se oyó un golpe. Como si hubiera explotado una bomba, pero no en la habitación en la que se encontraban.

De golpe, otro dragón entró corriendo en la habitación. No era tan grande como Huang Long, pero era mucho más verde y, de alguna manera, más femenino.

—¡Madre! —gritó Xiao.

La madre dragón gritó algo en un idioma que Mack no entendió. Huang Long alzó de repente la cabeza. Sus ojos emitieron una luz intensa.

Xiao se giró hacia Mack y dijo:

—¡Invasores! ¡Han hecho explotar el muro de los nueve dragones!

Catorce

TODAVÍA HACE MUCHO TIEMPO...

Ricotta Seis Dedos era el capo *di tutti capi*, el jefe líder de la Mano Negra en Nueva York. Iba acompañado de dos de sus chicos, Caprino Mal Aliento y Pecarino Caravaca.

Aunque solía ser poco expresivo, a Paddy se le veía muy contento de que le hubieran invitado a jugar a golf. Solo podían haberle invitado para hacerle una oferta de trabajo.

En los últimos tiempos, la Mano Negra había crecido muy rápido —más rápido que la Nafia— y Paddy pensó que quizás su carrera mejoraría si trabajaba para ellos.

Además, la Mano Negra había empezado a permitir, recientemente, que sus miembros tuvieran citas. Lo que significaba que los miembros de la Mano Negra podían ir a ver películas sin parecer personas solitarias y patéticas. Y que podían salir a cenar a restaurantes sin que los camareros los miraran con pena.

La Mano Negra creía que uno podía ser un criminal sin escrúpulos y, aún así, encontrar el amor. Mientras que la Nafia se oponía a cualquier tipo de felicidad personal.

Era un día precioso. El sol brillaba en el cielo mientras los cuatro hombres iban en un coche a vapor en dirección al campo de golf.

Paddy nunca antes había estado en un campo de golf. Era verde, lujoso y estaba limpio. Le recordó un poco al condado de Grind. Pero con menos granjas y sin cerdos. Caravaca había traído una neverita. Aunque claro, como de esto hace mucho tiempo, era una neverita a vapor.

—Tómate algo, Paddy —dijo Seis Dedos—. ¡Caravaca! Dale al chico una bebida.

Y allí de pie en esa hierba verde infinita con una copa de vino fresquito en la mano, Paddy se sintió extremadamente bien.

—¿Juegas mucho al golf? —preguntó Seis Dedos educadamente.

—No. Pero en el lugar de donde provengo, teníamos un juego que se llamaba «marmota y madriguera».

Al recordarlo, Paddy se animó e incluso estuvo a punto de sonreír.

—Cogíamos a una marmota de la madriguera, nos alejábamos con ella cien pasos e intentábamos volver a meterla en el agujero de la madriguera dándole con un garrote hecho de intestinos de cerdo almidonados.

Los tres criminales de la Mano Negra se le quedaron mirando.

—Os aseguro que era un deporte increíble, sí, sí —dijo Paddy embargado por sus recuerdos.

Pero los tres matones explotaron en una sonrisa burlona.

—¿De intestinos de cerdo almidonados? ¡Ja, ja, ja!

—Eres muy de pueblo, ¿verdad? —dijo Caprino Mal Aliento.

—¡Será cateto!

—Oye —dijo Seis Dedos con mordacidad—, ¿qué se puede esperar de alguien que come avena?

La sonrisa de Paddy desapareció. En su interior, se le estaba encendiendo una llama. Se puso rojo. Cosa que nunca antes le había sucedido.

—Empecemos —dijo Seis Dedos.

Y después pronunció las palabras que iban a cambiar para siempre su vida y también la de Paddy. Dijo:

—Pásame el *driver* de mi bolsa de golf. ¡Anda, espera! No sabes lo que es un *driver*, ¿no? No es lo mismo que un intestino de cerdo. Ja, ja, ja. No diferenciarías un *driver* de un… De un hierro nueve.

Paddy se tragó la rabia que le corroía por dentro.

Se fue hacía el carrito de golf a vapor, encontró la bolsa de golf, rebuscó durante unos segundos, encontró lo que estaba buscando, regresó andando majestuosamente hacia donde estaban los tres miembros burlones de la Mano Negra.

—Esto —dijo Paddy— es un driver.

Driver en mano, asestó un golpe tan fuerte en el rostro de Caravaca que su rechoncha cara le quedó plana.

—¡No! ¡No! —gritó Seis Dedos.

Paddy dejó el driver a un lado.

—Y esto —dijo Paddy— es un hierro nueve.

Es mejor que no nos entretengamos en explicar qué hizo Paddy con el hierro nueve. Bastará con que digamos que cinco minutos más tarde hubo una vacante inesperada en el puesto de jefe de la Mano Negra.

Fue una tarde tan mala para la Mano Negra que —bajo un nuevo líder— reorganizaron y renombraron la organización. Por respeto al asesino Trucha Paddy de la Nafia, a su nueva banda criminal la llamaron «la Mafia».

Y así es como Paddy se ganó el apodo que le acompañaría el resto de su vida: «Hierro Nueve».

Quince

Huang Long, el rey dragón, se movía de forma bastante veloz para ser una criatura del tamaño de un tren.

Mientras se transformaba en dragón, Xiao cogió a Mack por el brazo. En cuestión de segundos, Mack estaba volando por el palacio sobre el escamoso lomo de Xiao, a la velocidad de la luz, siguiendo a la familia número uno del reino de los dragones.

Cruzaron apresuradamente la puerta y salieron al exterior.

En ese mismo momento, Mack vio un pequeño ejército de criaturas: elfos Tong, skirrits y lepercons, que bajaban corriendo por la larga rampa. Tras ellos había una oleada de humo.

Un dragón del color de ciruelas maduras los perseguía zigzagueando, e incluso desde la distancia, Mack podía oír la impactante voz del dragón que gritaba:

—¡Atrás! ¡Esta es la Casa del Dragón!

Dos de los skirrits tiraban de un tubo extraño y adornado que parecía un cañón sobre ruedas, o un *bazooka* realmente pesado.

Se detuvieron, apoyaron el tubo sobre las espaldas de dos elfos Tong, y apuntaron hacia el dragón morado.

Mack vio la explosión antes de oírla. Un chorro de diminutas bolitas brillantes, que resplandecían como diamantes, golpearon al dragón morado.

—¡Un cañón de chispas! —gritó Xiao.

Al instante, el dragón cayó al suelo.

Xiao gritó llena de miedo y de rabia. Mack sintió que los músculos se le tensaban bajo las escamas.

Huang Long se giró para mirar a su hija.

—¡Vete! ¡Yo me ocuparé de esto!

—¡No, padre! —gritó Xiao—. ¡Puedo luchar!

—No es a nosotros a quien quieren —espetó Huang Long—. ¡Es a los humanos! Guíalos para que puedan salir de aquí. ¡Llévate la barcaza! Y recuerda: la clave está en el idioma Vargran. Cada miembro de los doce experimentará de distintas formas la *pujanza ilustrada*, tendrá una habilidad especial diferente. ¡Todo depende del Vargran!

—¡Huye pequeña! —gritó su madre—. ¡Tienes que cumplir con tu destino! ¡Pero lleva al día tus deberes de matemáticas!

Xiao empezó a discutir; Mack casi sintió la rebeldía en su interior. Pero al final con un estremecimiento dijo:

—Sí, padre. Sí, madre.

Y dio un giro repentino, con el que Mack resbaló hacia atrás sobre las escamas. Volaron rápidamente hasta donde Stefan y Jarrah les esperaban.

Xiao aterrizó y volvió a su aspecto humano. El proceso de transformación, por cierto, tenía algunos puntos horripilantes. El aspecto mitad dragón y mitad chica no le queda bien a nadie.

—Deberíamos apresurarnos —resopló—. No puedo llevaros a los tres.

A Mack no se lo tuvieron que decir dos veces. Los cuatro echaron a correr. Corrieron por hierba bien arreglada, atravesaron unos puentecitos decorativos y atajaron por un palacio de color rosa pálido con adornos dorados.

Arriba, los dragones volaban como rayos para hacer frente a la amenaza.

—¿No podría tu padre rociarlos con una bocanada de fuego? —preguntó Jarrah mientras corrían.

Mack entendió lo que quería decir. Hasta el momento había contado a, por lo menos, media docena de dragones. Era difícil entender cómo alguien podía enfrentarse a ellos.

—¿Dragones que lanzan bocanadas de fuego? —espetó Xiao—. ¿Qué? ¿Como en *Eragon*? ¿Cómo los de Tolkien? ¿Acaso mi padre se parece a Smaug?

Después en un tono menos ofendido dijo:

—Lo de escupir fuego es propio de nuestros primos occidentales, pero nosotros somos distintos. No somos bárbaros. Lo que hará mi padre primero es intentar que los invasores entren en razón.

Se estaban acercando a uno de los imponentes muros de la cueva. Mack vio una abertura, como si la cueva tuviera una boca, enmarcada con madera. Era simple, sin adornos.

Corrían a lo largo del tranquilo río que vagaba por la Casa del Dragón, cuando Mack se dio cuenta de que el río debía pasar por esa abertura. Desde ese ángulo, no lo podía ver muy bien. Aunque no podía ver bien porque el sudor le estaba escociendo en los ojos.

Pero pudo ver a los cuatro skirrits que se acercaban saltando al otro lado del río, avanzando sobre sus disparatadas patas de saltamontes, dando unas zancadas de veinte metros y corriendo para atraparlos.

Y se dio cuenta de que dos de ellos llevaban en las manos algo muy parecido a unas pistolas; aunque también podían haber sido unas latas aplastadas de refresco.

¡Skreeet!

El sonido provocó que todos dieran un traspié. Nadie había escuchado nunca un sonido igual. Y ese traspié los salvó.

Un chorro de bolitas cristalinas salió disparado, justo delante de ellos.

—¡Aaau! —gritó Jarrah.

Observó la palma de su mano (sin parar de correr, claro; porque quería saber qué era lo que le dolía, pero no tanto como para parar a examinarse).

—Es... ¡Es algo! —gritó Jarrah.

—¡Sácatelo! —gritó Xiao.

Jarrah lo cogió con su dedo.

—¡No, no! ¡No lo hagas con el dedo! ¡Te chisporroteará el dedo, también!

Mientras corrían, Jarrah se sacó una moneda del bolsillo y usó el lateral para sacarse la pequeña y dolorosa rocalla de la mano.

—¿Nos están disparando con una bebida gaseosa? —preguntó Stefan.

—Son pistolas de chispas —dijo Xiao con tono preocupado—. Las bolitas son como unos imanes diminutos. Intentan juntarse y segregan un ácido efervescente que se come todo lo que se interpone en su camino. ¡Imagina que te dispararan cientos de ellos!

Imaginarse eso hizo que Mack y el resto corrieran más rápido. Pero no tan rápido como los skirrits, que ahora iban por delante de ellos al otro lado de la orilla y que fácilmente los atraparían cuando el río se adentrara en la pared.

—¿Sabéis nadar todos? —gritó Xiao y después añadió:— ¿Bucear?

Nadie respondió.

Los skirrit estaban ahora parados, bloqueando el paso, y apuntando con sus pistolas de chispas.

Xiao saltó y se lanzó al agua con un salto perfecto. Jarrah la siguió, igual de atlética.

Stefan y Mack se metieron en el agua a la vez, pero en lugar de hacerlo con un salto de competición olímpica, lo suyo fue más a lo bala de cañón.

Mack tragó un poco de agua, reprimió la necesidad urgente de toser, abrió los ojos, y vio tres pares de zapatos que se alejaban nadando.

Se enderezó, intentó no pensar en su miedo a ahogarse y nadó con vigor tras ellos por esa maravillosa agua de color verde mar.

Al girarse un poco, Mack vio reflejados los rostros de los skirrit que miraban hacia el agua.

Siguió nadando.

Delante todo era oscuro. Vio los pies de Stefan nadando. Le siguió. A través del agua oyó movimiento y a alguien que gritaba y, cada vez más lejos, el griterío furioso de los skirrits.

Nadó hasta que sintió que los pulmones le ardían, que los músculos perdían fuerza por la falta de oxígeno y que la cabeza se le iba. Después, cuando ya no le quedaba otra, salió a la superficie y cogió aire como si fuera la última bocanada que iba a inhalar en su vida.

Las robustas manos de Stefan le cogieron por la mojada camiseta y por el cinturón, y tiraron de él hasta ponerlo sobre la superficie seca. Tosió y expulsó agua dulce, exhausto. Por lo menos no había skirrits.

Lo que había era una barca muy extraña.

Xiao le estaba hablando a la «barca» de forma respetuosa. Y, por supuesto, la barca le contestaba con el mismo solemne respeto.

Mack dejó caer la cabeza entre sus rodillas.

—Quisiera solo cinco minutos de normalidad. Solo cinco minutos. Sería genial.

Stefan se rio:

—Tío, la normalidad la dejamos atrás. ¡Ahora nuestra vida es una lo-lo-lo-locuraaaa!

Dieciséis

La barca –o «barcaza», como la había llamado Huang Long– no era como Mack esperaba. Más que nada, porque estaba viva.

Sobre el agua parecía una especie de bote. Los laterales estaban hechos de algo que podía ser madera o un material similar. Tenía una cubierta resistente y firme. También tenía un mástil largo, y ahí es donde las cosas empezaban a ser un poco raras. El mástil no tenía aspecto de tronco de árbol, sino que era un espolón de hueso blanco, un poco arqueado y afilado.

Bajo la superficie del agua, Mack podía vislumbrar el resto de la barcaza. Se parecía un poco a una ballena, porque era muy grande y estaba pintada de azul. Hacia la popa en lugar de la cola del barco, había tres salientes verticales, que parecían la cola de un tiburón. Por tres.

Y delante tenía un largo y musculoso cuello terminado en una cabeza cuyo rostro parecía el de un perro Carlino.

—Necesitaremos unos asientos, Barcaza —le dijo Xiao al perro Carlino.

—¡Qué bien! ¿Significa eso que vamos a ir a gran velocidad?

—Sí. A toda velocidad.

El rostro del Carlino sonrió.

—¡Perfecto!

La cubierta, que parecía de madera, resultó que tenía vida propia, porque se dobló y formó unos bancos rudimentarios.

—Sentaos y sujetaos bien —ordenó Xiao.

Mack se sentó al lado de Xiao.

—Listos —dijo Xiao, y antes de que la última sílaba terminara de resonar en el aire, la barcaza salió despedida. Como una vagoneta bajando por una montaña rusa.

A derecha e izquierda de la barca, se elevó una enorme estela que formó una pared de agua vaporizada. Las velas se hincharon, aunque en realidad no había viento, y la barcaza salió despedida como un cohete.

Mack estaba aplastado contra el asiento. Xiao le sonreía.

—La barcaza nunca tiene la oportunidad de ir a toda velocidad. Se desvive por ello.

Pasaron como una bala por un túnel, salpicando las paredes y el techo de roca. Al cabo de un rato, el espacio se abrió a su derecha y apareció una especie de mural. Lo pasaron en cuestión de segundos y volvieron a meterse en el tenebroso túnel.

—¿Qué era eso?

Xiao se encogió de hombros.

—Una especie de museo: grandes momentos de la historia. Normalmente iríamos más lentos y podríamos ver los espectáculos. Así te entretienen y el viaje no se hace tan aburrido.

—¿Adónde vamos? —preguntó Jarrah.

Parecía tan contenta como la cabeza del Carlino, al que la lengua le colgaba aproximadamente un metro, como a los perros tiradores de trineos.

—A la muralla —dijo Xiao—. Allí podremos coger el vuelo que nos llevará a nuestra próxima parada.

—¿Cuál es nuestra próxima parada? —preguntó Jarrah.

Xiao parecía sorprendida.

—¿No lo sabéis?

—No tenemos ningún mapa precisamente —dijo Mack.

—¿Qué tenéis?

—A un viejo que nos habla en los baños —dijo Mack.

Xiao se le quedó mirando. Pestañeó. Y volvió a pestañear.

—Ya —dijo Mack—. Nosotros pensamos lo mismo.

Y se encogió de hombros.

—Mira, estoy seguro de que Grimluk nos lo diría todo si pudiera. Pero el tipo tiene tres mil años, y lo está haciendo lo mejor que puede. Y los malos nos están presionando bastante, ¿sabes? Nos enteramos de todo esto mientras estábamos en el colegio, supimos más en Uluru y ahora hablando con tu padre... Lo que quiero decir es que no tenemos mucho tiempo muerto para sentarnos y planear las cosas. Nos quedan treinta y cuatro días, y la reina Pálida lo está dando todo para asegurarse de que no dispongamos de ni siquiera un día más.

—No era mi intención criticaros —dijo Xiao dócilmente.

Mack suspiró. Se sintió abatido. Todo había sido imposible desde el primer momento. Y cada día que pasaba más imposible era. Cada hora, de hecho.

—En cualquier caso —dijo Mack—, todo lo que sé ahora mismo es: «Las Ex Rocks». Con un poco de suerte eso nos llevará al cuarto elemento. Pero supongo que allí nos van a perseguir, también.

—Oye —dijo Jarrah—. No te preocupes. No estamos muertos todavía.

—¡Y nos lo estamos pasando bien! —dijo Stefan. Después, cuando vio los gestos que le dedicaron, añadió con una voz menos entusiasta:— Bueno, por lo menos yo.

—¿Habéis buscado en Google eso de las «Las Ex Rocks»? —preguntó Xiao.

—Creemos que está en Alemania. En un lugar llamado Externsteine.

Navegaban a una velocidad que debía ir en continuo aumento, porque ahora el agua que salpicaba la estela se había convertido en vapor del calor generado por la fricción.

—Esto es genial —dijo Stefan—. ¿Usáis esto para practicar esquí acuático?

A Xiao pareció no hacerle gracia.

—¿Es uno de los nuestros? —le preguntó a Mack.

—No exactamente —dijo Mack. La pregunta le incomodó.

—Él... Bueno, en realidad era mi abusón.

—¿Tu abusón?

—Sí, era el tipo más duro del colegio. Nos conocimos porque siempre me estaba pegando.

—¿Es así como se conocen los niños en tu país?

—No diría que es la forma más común de conocer a alguien. A veces solo nos acercamos a alguien y, lo típico, le decimos «hola» o algo así.

—Ya veo —dijo Xiao, aunque Mack dudó de si lo había entendido o no.

—Entonces, tú eres un dragón.

—Sí.

—Pero también eres una chica.

—No, soy un dragón. Pero puedo transformarme en una chica. Así es como voy al colegio.

—¿Vas al colegio? ¿A un colegio de dragones?

—No. A un colegio de humanos. En el mundo exterior.

Señaló hacia arriba.

—Allí arriba. Aunque no directamente allí arriba, porque ya estamos muy lejos de la ciudad.

—¿Por qué vas a un colegio de humanos? ¿Para aprender cosas de humanos?

—No del todo —dijo Xiao—. Para aprender cosas básicas. Y lo que está mal.

—Por eso mismo voy yo también al colegio: para aprender lo que está mal —se rio Mack.

Xiao pareció no entender de lo que se reía Mack. Empezó a preocuparle que no tuviera sentido del humor.

Eso, por lo general, a Mack le desconcertaba un poco. Hacía que le costara bastante relacionarse, hablar con esa persona. Pero no se sintió así con Xiao, posiblemente porque era un dragón.

—Así que eres uno de los nuestros —dijo—. Me refiero a uno de Los Magníficos Doce.

—Sí. Ya hace algún tiempo que lo sé. A veces los dragones sabemos algunas cosas que los humanos no sabéis. Sobre, veamos, sobre casi todo, excepto tecnología.

—Nosotros también sabemos de otras cosas —dijo Mack.

Xiao le miró con escepticismo.

—Dime la verdad: antes de que todo esto empezara, solo creías en las cosas que podías ver, tocar o sentir. ¿Verdad? No tenías ni idea de las maravillas ni de las cosas horribles que se esconden en los lugares inhabitados de la Tierra.

—Bueno, no sabía que había dragones viviendo bajo la Ciudad Prohibida, eso es verdad. Ni que los dragones existían. Ni los lepercons. Ni los elfos Tong. Ni los skirrits. Ni que había una princesa llamada Risky.

—¿Una princesa llamada Risky? —preguntó Xiao, desconcertada.

A Mack le hizo ilusión descubrir que sabía algo que Xiao no sabía.

—Creo que su nombre completo es Ereskigal.

A Xiao se le abrieron los ojos como platos. No se movía. Bueno, solo un músculo de la mejilla. Le temblaba.

—¿Ereskigal?

Contuvo la respiración, y después la dejó ir con un grito ahogado.

—¿Os habéis encontrado con Ereskigal?

—Sí. No es que fuéramos exactamente amigos. Y de alguna manera tuve que destruirla.

Mack tenía sentimientos contradictorios acerca de eso. Por un lado, le parecía bastante horroroso alardear del hecho de haber matado a alguien o a algo. Pero por otro lado, había conseguido derribar a ser muy, pero que muy temible.

Xiao se rio.

—No la mataste. O por lo menos, no como tú crees.

—Oye —se interpuso Stefan desde el asiento de delante de ellos—. Mack le frió el culo. ¡Con una bola de fuego! ¡Sorpresa y conmoción! ¡Humo y cenizas! ¡Paf! ¡Fue increíble!

—¿No sabéis casi nada, verdad? —dijo Xiao.

Para asombro de Mack, Stefan frunció el ceño. Si Mack no lo conociera tanto, hubiera pensado que Xiao había intimidado un poco a Stefan.

—No —dijo entre dientes—. No sé nada.

—Ereskigal, o como otros la nombran, Ereshkigal, es Morgan le Fay, Kali, Perséfone y Hel.

—Como «infierno» en inglés —musitó Jarrah.

—No está muerta. Ereskigal tiene que morir doce veces, y cada vez de forma distinta. A no ser que la hayas matado doce veces, sigue entre nosotros.

Mack miró nervioso hacia atrás por encima de su hombro. Ni siquiera Risky podría seguir a la barcaza.

Aunque ahora que se fijaba, la barcaza estaba empezando a disminuir la velocidad.

—Ya casi hemos llegado —dijo Xiao—. Pasaremos por la muralla como si fuéramos turistas. Al dragón al que vamos a buscar no le gusta el río, así que vive un poco alejado de él.

Definitivamente, la barcaza estaba frenando.

Después se detuvo al lado de un muelle. Salieron de la barcaza. Xiao paró para darle las gracias. Después empezó un largo camino de subida por unas escaleras de caracol. Tras subir unos mil peldaños (812, para ser exactos), se encontraron con un tubo que colgaba de un techo abovedado de piedra. Era metálico y verde, y en la punta tenía unas lentes. Xiao miró por las lentes.

—Paso libre —dijo Xiao.

Entonces subieron por una escalera de bronce. Xiao empujó lo que parecía un techo de piedra hueca. La levantó con sorprendente facilidad.

Treparon fuera de la muralla. Pero no era una muralla cualquiera. Era la Gran Muralla China.

Esta muralla, cuando estaba toda entera, medía más de ocho mil kilómetros. Tenía unos tres metros de ancho y unos nueve metros de alto, excepto en los frecuentes torreones.

Se veía una multitud de montañas escarpadas, verdes y triangulares. No eran muy altas, pero había muchas de ellas. Como si fueran unos bloques verdes poco definidos mezclados de forma desordenada.

La muralla zigzagueaba entre las montañas, arriba y abajo, y arriba y abajo otra vez, y daba la vuelta hasta perderse en el horizonte.

A Mack le recordó un poco a los dragones. Robusta, con forma de serpiente y fuerte, con piedras y adoquines que parecían escamas.

—Esta muralla es grande —comentó Stefan.

—Sí —convino Xiao—. Es una estructura enorme que fue construida por los humanos. Un lugar sagrado con mucho poder. Millones de personas trabajaron durante muchos años para construirla. Y muchos de los que la construyeron murieron mientras lo hacían. Sus huesos descansan ahora bajo nuestros pies.

Stefan se echó a un lado con sumo cuidado.

—Me refiero a toda la muralla, no solo justo aquí debajo de ti —explicó Xiao—. Cuando los trabajadores morían, los añadían a la pared.

Miró hacia Stefan como si estuviera esperando una respuesta, pero él se había girado y ya no estaba escuchando.

—Por aquí —dijo Xiao, y señaló hacia debajo de la colina.

—Sí, vayamos por allá —dijo Stefan—. Porque, ¿sabes qué? Creo que la chica dragón tiene razón. Risky no está del todo muerta.

Mack se giró lentamente. Los pelos de la parte de atrás de la cabeza se le pusieron de punta.

Allí, en la cima de la montaña más cercana que tenían a sus espaldas, estaba la princesa Ereskigal.

Le saludó.

Le saludó como si Mack y ella fueran viejos amigos.

—¡Hola, Mack! —gritó alegremente—. Quédate donde estás. ¡Voy a matarte!

Diecisiete

¿DIJIMOS YA QUE ESTO PASÓ HACE MUCHO TIEMPO...?

Para que le ascendieran a asesino oficial de la Nafia con todas las de la ley, Trucha Paddy «Hierro Nueve» tuvo que viajar un poco. Sus jefes le dejaron escoger.

—¿A un pozo sin fondo en Grecia o a un volcán en Italia?

—¿Cómo?

—Tienes que conocer a la jefa: es ella la que toma las decisiones finales en los ascensos más importantes.

—¿Qué pasará si no le gusto? —preguntó Hierro Nueve.

—Bueno, entonces te hará partícipe de su almuerzo.

A Hierro Nueve la idea no le pareció tan mal. Hasta que se dio cuenta de que «te hará partícipe de su almuerzo» podía significar dos cosas.

—Prefiero el volcán —dijo Hierro Nueve.

Así que le reservaron un billete en el zepelín Furslassen. El zepelín era uno globo dirigible enorme. Constaba, básicamente, de una estructura de acero, y una piel gigantesca que estiraban bien tersa sobre la estructura de acero. A continuación lo llenaban de sacos de un gas más ligero que el aire, como el helio, que era totalmente seguro, o como el hidrógeno, que podría estallar con solo mirarlo.

Obviamente, el Furslassen estaba lleno de hidrógeno.

Todo ello, en su conjunto, tenía la forma de un puro de treinta metros de diámetro y unos doscientos cuarenta metros de largo. La parte inferior del zepelín tenía unos compartimentos para los pasajeros y para la tripulación parecidos a los coches cama de los trenes. También había un bar, un restaurante y una sala para fumadores. Lo cual, considerando que la nave flotaba gracias a un millón de metros cúbicos de gas muy inflamable, no era muy buena idea.

El viaje fue bien. Hierro Nueve había reservado una habitación sin ventana en segunda clase. Un lujo inconcebible para un hombre que, de niño, había viajado en séptima clase.

Pero Hierro Nueve lo consiguió, y el lujo le gustó bastante, así que se cambió a un camarote de primera que se quedó libre cuando su pasajero original fue lanzado por la ventanilla al pasar sobre Groenlandia.

Nadie está diciendo que Hierro Nueve tirase al pobre hombre, pero Hierro Nueve terminó en su camarote. Así que cada uno que piense lo que quiera.

Fue un viaje fantástico y al bajar del zepelín en Roma, Italia, Hierro Nueve se sentía en plena forma. Después se sintió genial viajando en el tren que bordeaba la costa hasta Nápoles. Se sintió bien cuando subió al carro de correos hasta la pequeña ciudad de San Gudafella. Y se sintió un poco desanimado mientras montaba en burro para subir el monte Vesubio.

Pero cuando estaba llegando a la cima, empezó a sentirse un poco nervioso. Porque, en primer lugar, no le gustaban mucho las alturas; y porque, en segundo lugar, no le gustaba la idea de que lo colgaran de un cráter sobre un enorme mar de lava humeante y ardiente.

Su guía señaló, sin decir nada, un caminito estrecho que llevaba hasta el magma. Después, el guía dio media vuelta con el burro y se fue.

Hierro Nueve empezó a bajar por el interior del cráter. El volcán estaba en una constante erupción de baja intensidad. Fue el volcán que arrasó la ciudad de Pompeya y enterró a todo el mundo bajo cenizas, rocas voladoras y lava. Ese volcán.

Bajó entre las piedras. Más y más abajo, donde cada vez hacía más y más calor, hasta que pudo sentir que el calor le subía por los zapatos.

Y en ese momento fue cuando Hierro Nueve se encontró con el primer monstruo. Parecía un insecto gigantesco con un traje a rayas y sombrero tirolés.

—He venido a… —dijo el monstruo.

Hierro Nueve le disparó.

Pasó por encima del cuerpo del insecto y siguió bajando. No entendió que el insecto le hubiera hablado, ni qué era ese insecto, pero a Hierro Nueve le dio la sensación de que ese tipo de insecto, si hubiera sido más pequeño, habría atacado las cosechas de avena.

Y Hierro Nueve no estaba a favor de usar pesticidas para la avena.

Prosiguió su descenso durante media hora más; y esta vez, mientras giraba por una curva sin visibilidad, se topó con dos tipos que podrían haber sido humanos, si no fuera porque eran muy bajitos, porque tenían unas piernas rechonchas y porque llevaban unos trajes de tiroleses con un dibujo de un árbol delante.

Cada uno de ellos tenía un garrote y lo hacían chocar contra las palmas de las manos con aires de tipos duros.

—Oye, escúchanos, babosa humana...

Así que Hierro Nueve también les disparó.

El siguiente monstruo que Hierro Nueve vio era solo una pierna. O por lo menos eso es todo lo que vio, porque la pierna en sí medía un metro y medio del tobillo a la rodilla. Después otro metro y medio de la rodilla a la cadera. Y después unos tres metros más de allí al cuello.

La cabeza se hallaba a unos siete metros de altura.

Hierro Nueve volvió a disparar, pero a la criatura pareció no afectarle. Bajó una enorme mano y lo alzó para examinarle más de cerca.

La criatura estaba recubierta de un pelo blanco que cambiaba de color mientras Hierro Nueve la observaba. Alcanzó un color rosa pálido. Más tarde, a Hierro Nueve le dijeron que eso era un gudrigan. Y que no era bueno ver a un gudrigan rosa. Y que si alguna vez veía a un gudrigan de color rojo intenso, eso sería la última cosa que vería.

Un sexto sentido advirtió a Hierro Nueve de que si molestaba más al gigante no le pasaría nada bueno. Fue tras ver al gudrigan de cerca y oler el hedor que salía de su boca cavernosa repleta de dientes enormes.

—Tengo una cita —dijo Hierro Nueve—. Con la reina Pálida.

El gigante no dijo nada. Pero una criatura más pequeña, una especie de dálmata delgado con la cara desfigurada y las pezuñas mordidas dijo:

—Ya. Síguenos.

Hierro Nueve sacudió la cabeza señalando el camino que había dejado atrás.

—Me sabe mal lo de los otros…

—No seas estúpido —espetó el lepercon—. Si no los hubieras matado, la reina Pálida habría pensado que eras un blando.

—Anda —dijo Hierro Nueve. Se lo pensó un segundo, y después mató al lepercon.

Al gigante, le dijo:

—Bien, vamos.

Dieciocho

De algún modo —nadie vio cómo lo hizo— Risky descendió de la cima de la montaña hasta la muralla, con la rapidez de vuelo de una pelota de béisbol. Tenía el mismo pelo pelirrojo y los mismos espeluznantes ojos verdes e intensos.

—Ya veo que habéis encontrado a vuestra colega dragón —dijo Risky—. Muy bien hecho, Mack. Y tienes a esta… —Risky alzó el dedo como si fuera un puñal para señalar a Jarrah— para ayudarte con el idioma mágico.

—¿Perdona? —preguntó Jarrah.

—El Vargran —explicó Risky. Parecía bastante simpática. Quizás un poco engreída, pero no más arrogante ni más peligrosa que las animadoras que había en el colegio de Mack.

—Y ahora la dragoncita.

Los ojos de Risky mientras contemplaba a Xiao se volvieron cada vez más fríos. Xiao seguía teniendo el aspecto humano.

Pero, obviamente, Ereskigal —también conocida por Morgan le Fray y un montón de otros nombres de seres malvados— no se dejaba engañar fácilmente por las apariencias.

—Realmente pensé que habíamos terminado con todos y cada uno de vosotros. Pero resulta que encontrasteis un agujero en el que esconderos. Ahora que hemos descubierto el pasillo secreto que hay bajo la Ciudad Prohibida, iremos pronto a por vuestra deplorable raza.

—Deduzco por tus palabras que tus malévolos sirvientes fueron expulsados de la Casa del Dragón —dijo Xiao.

Risky sonrió.

—Pues, sí. Fue una batalla bastante desigual. Quizás los dragones no seáis feroces, pero sabéis cómo convocar las aguas y hacer con ellas lo que se os antoja. Así que fueron muchos los skirrits y elfos Tong que murieron. Una pena: tanta deliciosa carne desperdiciada. Y yo tengo mucha hambre.

—¡Todavía puedo hacer lo del fuego! —amenazó Mack.

—Sí —admitió Risky—. Pero sabes que no va a funcionar dos veces, ¿verdad? Ahora la pregunta que se nos presenta es: ¿qué hay en el menú? ¿Carne humana? ¿Carne de dragón?

Xiao se volvió a transformar en dragón. Después, sin previo aviso, alzó el vuelo.

Mack estaba seguro de que le iba a hacer algo chulo a Risky. Risky parecía un poco preocupada, pero Xiao se alzó, giró y salió disparada sobrevolando la muralla.

Desapareció detrás de la montaña.

—Vale, entonces… —dijo Risky—. Que sea carne humana.

—¡Corred! —gritó Mack.

Corrieron en la misma dirección que Xiao. Bajaron saltando por las prolongadas escaleras.

—Perfecto —dijo Risky a sus espaldas—. ¡Que fluya la sangre! Os hará más tiernos.

Mack se arriesgó a girarse para ver a Risky, que ya estaba empezando a transformarse en cosas bastante impresionantes. En primer lugar, porque de los hombros le estaban saliendo alas. En segundo lugar, porque del diafragma le estaba sobresaliendo un nuevo conjunto de brazos.

Y los ojos verdes se le estaban hinchando, más y más, y se convirtieron en miles de pequeñas lentes hexagonales. Como los ojos de las libélulas. De hecho, era igualitos a los ojos de las libélulas.

Pero más grandes. Si las fuerzas aéreas quisieran que una libélula luchara en un asalto aéreo construirían algo así.

Llegaron al torreón más cercano y se detuvieron dentro, sin aliento.

—¡No me puedo creer que Xiao nos haya dejado tirados! —gritó Jarrah.

—Si pudiera, yo lo haría —dijo Mack. Tenía flato de correr. Así que se sujetó el costado y se dobló sobre sí mismo.

—No creo que aquí estemos seguros —dijo Stefan.

El torreón no era tan grande. De ancho medía igual que la muralla y de alto, unos quince metros. Estaba hecho de piedras y lo habían diseñado para que fuera totalmente impenetrable. Para las flechas.

Zzzz-ZZZZ-zzzz-ZZZZZZZ

El zumbido era parecido al sonido de que hace una uña al rasgar una sola cuerda de una guitarra eléctrica. Mack podía ver a Risky a través de la arqueada ranura sin puerta. Batía las alas en el aire con tanta rapidez que no se veía más que una nebulosa.

Se podría decir que era una libélula realmente grande, pero su rostro no era exactamente el de una libélula. Seguía siendo Risky, pero toda ella hinchada y desfigurada, como si alguien hubiera intentado estirarle la cara y la hubiera hecho diez veces más grande que antes. Los labios se le habían desfigurado como la amplia sonrisa del Joker. Una sonrisa arqueada, que mostraba unos dientes en forma de sable que parecían estar hechos de acero.

Sus seis patas ya no tenían ni el más mínimo parecido con piernas humanas. Pero tampoco parecían una patas de insecto. Más bien recordaban a unas tenazas de langosta.

—¡Aaahhh, naaa aaarg! —dijeron los tres más o menos al mismo tiempo.

—¡Necesitamos decir algo en Vargran! —gritó Mack.

—¿Cómo qué? —gritó Jarrah.

—Vaya —dijo Stefan—. Mola bastante lo que está haciendo.

—¡Nos va a comer! —le gritó Mack a Stefan.

La criatura libélula se elevó por encima de la muralla. Durante unos instantes Mack no la vio. Pero el zumbido sonaba cada vez más cerca y más fuerte, tan fuerte que apenas oían el jadeo de su propia respiración.

Aterrizó sobre la torre de forma sorprendentemente suave. Casi no hizo retumbar las piedras.

Había conseguido lo que los lepercons gigantescos no pudieron: mantener el peso en proporción. Esa, reflexionó Mack, era la clave a la hora de hacerse muy grande: es mejor que el peso no aumente de forma proporcional.

Pero eso no significaba que Risky no fuera fuerte. Mack sintió un sonido estridente, como de algo que se rompía, y vio que en el exterior caían unas piedras. Risky estaba desmontando el torreón, piedra a piedra.

El torreón tenía muchas piedras.

Pero no las suficientes.

Un rayo de luz brilló a través de un agujero desde el alto y abovedado techo. Un enorme ojo, dentro del cual resplandecía un arcoíris, los observaba desde arriba.

—Puedo oír vuestros corazoncitos latir —dijo Risky—. No hay nada más sabroso que un corazón fresco y asustado. ¿Sabes que seguirá latiendo un rato después de que te lo arranque del pecho, Mack? Lo sentiré agitarse en mi estómago.

—¡Vargran! ¡Necesitamos algo, alguna cosa, ya!

—No, no, no... —gritó Jarrah—. ¡No puedo pensar!

Unas piedras cayeron por el agujero y aterrizaron a su alrededor.

Stefan cogió una y la lanzó en dirección al gran ojo. Falló.

Tras un estruendo, el techo del torreón quedó al descubierto. Lo abrió como si destapara una tapa. Después se desplomó y la parte exterior del torreón se derrumbó.

El torreón se había convertido en un coche descapotable con el techo bajado.

Nada iba a parar a Risky. Solo iba a detenerse para decidir a quien de ellos se comería primero.

Pero de repente Risky dudó. Mack vio cómo alzó su asquerosa cabeza medio humana y medio de insecto. Es difícil ver el miedo en un rostro tan fuera de lo común… Pero a Mack le pareció intuir preocupación en la voz.

—No puede ser —dijo Risky—. ¡Te maté hace un milenio!

En respuesta a eso, se oyó el estruendo más fuerte que Mack había oído nunca. Una voz tan brutal que era difícil hasta desglosar las palabras que pronunció. Que fueron:

—¡Siempre y cuando los cuatro vientos soplen, yo viviré! ¡Soy Shen LOOOONG! Y… ¡Estoy vivooo!

Diecinueve

Cuando le dejaron de temblar los adentros y de vibrar los huesos por culpa del sonido, Mack se giró y miró al otro lado de la lejana puerta del torreón.

Ya se había acostumbrado a ver dragones. Bueno, más o menos. Pero este no era como el resto de dragones. El rostro de Shen Long era casi humano. Quizás medio dragón, medio humano. Y en un primer momento le pareció bastante gracioso, porque en lugar de parecerse a una serpiente gigante, más bien parecía una serpiente gigante que se había tragado uno de esos observatorios astronómicos abovedados.

Tenía los pechos y el estómago hinchados y enormes. Inhalaba el aire como si tratara de absorberlo todo. Estar a su lado era como estar de pie sobre la tabla de surf cuando una ola se aleja.

De repente, apareció Xiao, que entró volando al torreón y tiró a Mack al suelo al pasar.

—¡Al suelo! —gritó—. ¡Al suelo y luchad por vuestras preciadas vidas!

Mack ya estaba en el suelo. Stefan cogió a Jarrah y la tiró al suelo. Los tres estaban boca abajo y Xiao ya estaba volando de vuelta al exterior llenando sus pulmones.

Después, Shen Long exhaló.

Los tres cuartos superiores del torreón parecían haberse vuelto de papel. El huracán, el tornado de viento, hizo que saliera volando de una sola pieza.

Mack alzó la vista a tiempo para ver a Risky despedida volando hacia atrás por el aire. No iba tan rápida como una bala, quizás, pero iba muy rápida.

Volaba, indefensa, en una vorágine de piedras, de trozos del torreón y de partes desiguales de la almena.

Se golpeó contra el siguiente torreón, cayó, golpeó la parte superior de más allá de la muralla, rodó por las almenas, cayó, voló un poco más, se golpeó con la cima de una montaña, se llevó la cima de la montaña con ella y desapareció a lo lejos.

El huracán terminó de forma tan repentina como había empezado.

El estómago de Shen Long seguía hinchado. Pero no tanto. Xiao bajó del cielo y aterrizó sobre su hombro.

—¡Gracias, tío!

—Por mi sobrina favorita, haría lo que sea —dijo Shen Long con una voz más calmada—. Además, no soporto a esta princesa. Es tan malvada como su madre.

—¿Ha muerto? —preguntó Mack.

Xiao hizo unas presentaciones rápidas.

—No, Mack, no está muerta. Ni siquiera la hemos matado —dijo Shen Long con pesar—. Pero recomponerse le llevará un tiempo. Será mejor que os vayáis. No caerá dos veces en la misma trampa.

—De hecho, tío, me estaba preguntando si nos podrías llevar.

—¿Llevar?

Shen Long se rascó el mentón con una de sus garras.

—¿Adónde?

—A Alemania —dijo Mack—. A un lugar que se llama las Egge Rocks o Externsteine.

—¿Externsteine?

Shen Long parecía preocupado.

—O al aeropuerto más cercano —dijo Mack—. Ya sé que hay un largo camino hasta allí.

Xiao, que volvía a ser humana, le lanzó una mirada expresiva a Mack. Con un susurro, dijo:

—El problema no es la distancia. Son los recuerdos.

Shen Long parecía afectado. Su jovial rostro se le había entristecido y arrugado de la preocupación. Al parecer, había dado con la dirección en la que se encontraba Alemania y miraba hacia allá, pero sus ojos estaban viendo algo completamente distinto.

—No creo ni que me recuerde —dijo Shen Long con suavidad.

—Nadie podría olvidarte nunca, tío. Pero de eso hace mucho tiempo.

—Os llevaré —dijo Shen Long reacio—. Pero no me voy a quedar allí. O se va a pensar que voy para verla.

—Como tú quieras, tío —dijo Xiao.

El dragón se estiró en el suelo tanto como pudo y Xiao, seguida de Mack, Jarrah y Stefan, treparon por el costado del dragón y se montaron en el lomo. Como todos los dragones chinos, se alzó sin esfuerzo y partió alejándose del sol.

—¿De qué hablabais? —preguntó Mack. Estaba intentando no pensar qué ocurriría si se cayeran. Shen Long ganaba altitud con bastante rapidez. Muy pronto rozando las partes bajas de las nubes.

—Un antiguo amor de mi tío. Se llamaba Nörr.

—¿No, qué?

—Nörr. Se llamaba Nörr.

Mack esperó tanto rato como pudo antes de volver a preguntar:

—¿No, qué?

—Que se llamaba Nörr. Ese era su nombre. Nörr.

—¿Es algún chiste? —preguntó Mack.

Jarrah se inclinó hacia delante y preguntó:

—¿No, qué?

—No se trata de qué, se trata de quién —explicó Mack.

—¡Basta! —gritó Xiao un poco harta.

—Vale, entonces —dijo Jarrah—, ¿no, quién?

—¿Hemos llegado ya? —preguntó Stefan.

—Creo que Nörr fue la novia de Shen Long —le gritó Mack a Jarrah. Ahora que Shen Long había cogido velocidad, el viento era fuerte y frío.

—¿Entonces por qué tanto «no» por aquí y «no» por allá? —preguntó Jarrah.

—Yo no digo que no —dijo Mack—. Hablamos de Nörr.

Hubo un momento o dos de silencio. Después Jarrah dijo:

—¿Sabes? Podría empujarte y tirarte fuera del lomo de este dragón.

Mack lo pensó durante un momento o dos y después dijo:

—Preferiría que nor. Je.

Y de este modo, los primeros tres Magníficos Doce volaron a bordo de un dragón barrigón hacia el oeste. Y Stefan también.

Mack se inclinó hacia Stefan para que no le oyeran los otros.

—Tío, estamos bien, ¿verdad?

Stefan se lo pensó un momento.

—Yo estoy bien. Y Jarrah está muy bien. Muchísimo. Pero sobre ti, tengo mis dudas.

—No me refiero a eso. Me refiero a que tú podrías haber muerto. Probablemente te tendría que haber llevado a un médico.

Stefan se encogió de hombros.

—¿Por qué? Me han curado del todo.

—Pero yo en ese momento no lo sabía. Puse tu vida en peligro.

Stefan se rio.

—Tú eres mi protegido. No al revés.

Después le dio a Mack una palmadita en el hombro, una de esas palmaditas de «amigo». Una palmadita de colegas. Que al golpear a Mack, hizo que se tambaleara sobre el lomo de Shen Long, y que casi se cayera por el aire haciendo remolinos hasta cavar un agujero en el duro suelo. Por suerte Stefan lo agarró a tiempo y lo ayudó a recuperar el equilibrio.

—¿Lo ves? Eres mi protegido.

Veinte

Contaron algunos chistes mientras sobrevolaban Mongolia.

Cantaron «Nueve elefantes se balanceaban sobre la tela de una araña» mientras sobrevolaban Kazajstán.

Empezaron a adormilarse un poco mientras sobrevolaban Rusia.

Se detuvieron a beber en un lago en Ucrania y usaron un baño portátil de una zona en obras de un oleoducto.

Hablaron de sus deseos, sueños y aspiraciones mientras sobrevolaban Polonia.

—A mí me gustaría ser o campeón de lucha libre —dijo Stefan— o piloto de coches de carreras.

—A mí me gustaría practicar surf y viajar, ¿sabéis? —dijo Jarrah—. Quizás podría conseguir un patrocinador, ¿no? Tendría mucho dinero y podría pasarme el día surfeando las mejores olas.

—¿No sería aburrido después de un rato? —preguntó Mack.

—¿El qué? ¿Surfear? ¿Aburrido? —Jarrah se rio como si el mero hecho de decir tal cosa fuera una bobada—. Además, en mi tiempo libre haría algo de arqueología. Como mi madre.

—¿Y tú, Xiao? —preguntó Mack. No le gustaba la conversación porque él no quería hablar sobre sí mismo.

—Seré un dragón, claro —respondió Xiao.

—Ya, vale. ¿Pero los dragones no pueden ser distintas cosas? Como, esto… Mmm… ¿Como dragones bomberos o dragones conductores de autobús? Bueno, quizás no haya dragones que conduzcan autobuses. Pero habrá distintos trabajos para dragones.

—Nacemos con ciertas responsabilidades —dijo Xiao—. Aprendemos, pensamos y escribimos.

Con esto de la falta grave he hecho nuevos amigos. El primer día conocí a Matthew, a Helder y a Dwayne. Son abusones. Creo que me senté en la silla equivocada, y Matthew me preguntó si quería que me pegara en la cabeza. Le dije que sí. Porque ser positivo es importante. Matthew me pegó y yo le di las gracias. Así que me volvió a pegar y le di las gracias de nuevo. Jugamos a esto hasta que Matthew se cansó. Camaro, que es una chica abusona, me dijo: «Siempre pensé que eras mono, Mack. Pero no me imaginaba que fueras tan duro». Después se sentó a mi lado.

—Venga, ya —dijo Jarrah con un resoplido burlón—. No me vengas con esas de «soy una niña buena y hago todo lo que me piden». Nadie quiere hacerse mayor haciendo solo lo que sus padres le piden que haga.

Xiao suspiró. Mack estaba seguro de que iba a seguir en la misma línea de opinión. Pero dijo:

—La verdad es que me encanta hacer deporte. En el colegio, a veces jugamos al fútbol y al baloncesto. Me encanta el baloncesto.

—¿Te gusta jugar al veintiuno?

—Me gusta ser parte de un equipo. Es una experiencia muy humana, ¿sabes? Nosotros, los dragones, somos criaturas solitarias. No tenemos equipos. Pasarle la pelota a alguien para que el equipo marque es para mí un reto. La idea de que el individuo se sacrifique por el bien común es muy de dragones. Pero hacerlo dentro de un equipo, como una estrategia para obtener la victoria, eso es nuevo para mí.

—¿Entonces quieres ser dragón o una estrella del baloncesto? —Jarrah no lo preguntó con escepticismo. De hecho, le gustaba la idea.

Xiao se rio.

—No me queda otra que ser un dragón. Pero cuando sueño despierta, antes de dormirme, a veces me veo como una jugadora del equipo olímpico de China.

—¿A tus padres les parece bien? —preguntó Mack.

—No —dijo Xiao, un poco molesta. Después, con un tono más resignado, repitió:— No.

—¿Qué tal se te da el kung-fu? —le preguntó Stefan—. Me podrías dar unas clases.

Xiao giró la cabeza tanto como pudo y se quedó mirando a Stefan.

—No. No tengo ni idea de kung-fu.

Stefan se puso rojo.

—¿Y tú, Mack? —preguntó Jarrah—. ¿Qué vas a ser de mayor?

—Ya debemos de estar a punto de llegar — dijo Mack para cambiar de tema.

—No vayas de listo —dijo Jarrah—. Venga, todos lo hemos contado.

—Chef —dijo Mack.

—¿Qué?

—Quiero ser chef. ¿Vale? Cuando sea mayor quiero ser chef. —Y después añadió:— Si me llego a hacer mayor, porque cada vez parece menos probable.

—Los chefs son parecidos a los cocineros, ¿verdad? —preguntó Jarrah.

—Por el estilo —dijo Mack.

A Mack le daba vergüenza hablar de ello. Tenía doce años. Se supone que los niños de doce años quieren ser policías, bomberos, soldados, magos o, por lo menos, diseñadores de videojuegos o millonarios. Pero no chefs.

Pero desde los tres años, Mack analizaba qué ingredientes elegía su padre para preparar lo que él llamaba un batido sano. Fresas, bien; plátano, bien; y yogur, claro. Pero incluso a la tierna edad de tres años, Mack sabía que las patatas crudas allí no pegaban.

Desde entonces, Mack estudió a fondo la forma de cocinar de sus padres. Su padre tenía la costumbre de hacer sustituciones raras. («No, en un pastel no se puede sustituir la mantequilla por el queso cheddar; no funcionaría», le decía Mack a su padre.) Y su madre tendía a dejar en el fuego las cosas no solo hasta que estaban muy hechas, sino hasta que estaban tan derretidas que se podían sorber con una pajita. (Las coles de Bruselas de por sí ya son bastante malas, pero la papilla de coles de Bruselas es todavía peor.)

A lo largo de su infancia, Mack había experimentado mucha cocina mala. Pero, un día, sus padres le llevaron a un restaurante bueno para celebrar que habían ascendido a su madre en el trabajo. El restaurante tenía manteles blancos y vasos de cristal. ¡Y menuda comida! Verduritas bien cocinadas. Un filete de pescado que no era un trozo de madera, una empanada ni un pastel. ¡Solo pescado! Y un postre que no era helado o galletas industriales.

Para Mack fue revelador. Desde aquel día, quiso llevar el gorro de cocinero, aprender a cocinar y convertirse en chef.

Ahora, pensó, estaba dedicándose a un «trabajo» muy distinto. Iba montado en el lomo de un dragón. Y eso era algo en lo que nunca había soñado.

—Voy sobre un dragón —dijo Mack en voz alta.

—Sí. Mola, ¿verdad? —dijo Jarrah.

—Esto es a lo que me dedico ahora —dijo Mack—. A montar en dragones y a luchar contra monstruos.

—Y a salvar el mundo —dijo Jarrah.

—Es todo un honor —dijo Xiao.

—Mola mucho —dijo Jarrah.

—Ya —dijo Stefan.

—Nos estamos acercando —dijo Shen Long.

Mack miró hacia abajo y vio unas montañas. Y un lago. Y muchos árboles. El sol estaba saliendo por detrás de ellos y proyectaba una delicada luz de color rosa grisáceo. Shen Long sobrevoló el lugar en círculos con lentitud.

—Recuerdo este sitio —dijo—. Sé las cosas que esconde.

—¿Qué esconde, tío? —preguntó Xiao con tacto.

—Ayuda en vuestro cometido, espero —dijo Shen Long—. Pero para mí solo dolorosos recuerdos.

—Si la volvieras a ver...

—No —dijo el gran dragón, y agitó la cabeza—. Las viejas heridas mejor no tocarlas.

Después su tono de voz cambió.

—Y las nuevas heridas, mejor evitarlas.

Mack estaba mirando al suelo, así que Jarrah detectó el problema antes que él: dos aviones de un color verde oscuro de camuflaje les estaban dedicando un asombroso giro en el cielo azul.

—Estos nuevos radares con antenas de barrido electrónico no me gustan nada —dijo Shen Long con sequedad.

—¿La reina Pálida tiene aviones de combate? —gritó Jarrah.

—No lo sé —dijo Mack—. Pero las fuerzas aéreas alemanas sí.

—Tenemos que aterrizar —dijo Shen Long—. Allí delante hay un pueblo. ¡Sujetaos fuerte!

El dragón bajó en picado hacia el suelo. Los árboles se les acercaban a toda velocidad mientras los dos aviones Eurofighter rugían sobre sus cabezas.

Shen Long aterrizó en una gasolinera —era pronto, así que estaba cerrada— y Mack y sus amigos se bajaron rápidamente.

—Que la suerte os sonría —dijo Shen Long, y se puso en pie.

—¡Si alzas el vuelo, te dispararán! —gritó Jarrah.

—Puedo controlar los vientos —dijo Shen Long—. No habrá misil que me dañe.

Mack se dio la vuelta para poder ver, más o menos, la cara de Shen Long.

—Gracias, esto… señor. Por traernos.

No sabía si llamar «señor» a un dragón era apropiado o no.

—No, jovenzuelo, gracias a ti —dijo Shen Long—.

Te has embarcado en una peligrosa aventura. Te enfrentas a una muerte casi segura.

—¿Ah, sí?

—Todos vosotros —dijo Shen Long—. ¿No sabéis qué les pasó a Los Magníficos Doce originales?

—Mmm... Sé que Grimluk está un poco hecho polvo.

—De los Doce, fueron muy pocos los que sobrevivieron a la batalla contra la reina Pálida.

—Vaya.

—Y los que sobrevivieron se pasaron largo tiempo luchando y persiguiendo a la loca de su hija. Y al final solo sobrevivió Grimluk. Y sigue con vida porque está escondido en un lugar secreto.

—Suena un poco mal, ¿no? —dijo Jarrah.

Xiao se acercó y le dio una especie de abrazo al dragón. Shen Long dijo:

—Ve con cuidado, sobrina. Aquellos a los que vais a ver, se enfurecían fácilmente cuando eran jóvenes. Y si veis a... El tono de su voz disminuyó hasta apagarse.

—Si veo a Nörr, le diré que te acuerdas de ella con gran cariño.

El dragón bajó la enorme cabeza, un poco avergonzado.

—Solo dile… Sí, eso. Con gran cariño. Pero que no parezca que estoy desesperado.

—Claro que no.

—Ni necesitado.

—Por supuesto.

—Y no me armes ningún lío.

Le vieron alzar el vuelo y perderse entre las nubes. Mack todavía no se podía creer que algo tan grande y con tanta tripa pudiera volar. Eso sí, pensó, a los pilotos de los aviones de combate les costaría más creérselo cuando tuvieran contacto visual. En el radar, Shen Long debía de aparecer como un avión cualquiera.

—¿Y ahora qué? —preguntó Jarrah.

—A desayunar —dijo Stefan.

Veintiuno

¿DIJIMOS YA QUE ESTO PASÓ HACE MUCHO TIEMPO...?

Trucha Paddy —alias «Hierro Nueve»— estaba pensando en cuánto rato más tendría que estar bajando.

El gudrigan le había guiado ya hasta tan abajo y el borde del cráter se encontraba tan arriba que parecía como si estuviera metido en un pozo.

Hacía más calor. Y el aire olía cada vez menos a aire y cada vez más como si alguien hubiera comprado un montón de huevos podridos y después los hubiera frito con un poco de carne de cabra rancia.

La lava burbujeaba en tétricas piscinas que estaban a menos de diez metros por debajo de ellos. Un paso en falso en el estrecho camino llevaría a Hierro Nueve a la muerte. No había barandilla. No había ni siquiera una señal de peligro.

Para empeorar las cosas, el gudrigan andaba muy rápido —como cabe esperar de una criatura con las piernas tan largas— y Hierro Nueve tenía que andar al trote para seguirle.

De repente, el gudrigan se detuvo. Hierro Nueve miró a su alrededor, desconcertado. El camino acababa de terminar. A la izquierda había una alta pared rocosa y en el otro lado un precipicio con caída libre al magma burbujeante. Y el camino, que al principio solo medía quizás un metro de ancho, de golpe se había estrechado a centímetros y después a nada.

—Aquí —dijo el gudrigan.

—¿Dónde?

La criatura con aspecto de yeti señaló hacia un círculo que estaba esculpido en una roca. Se encontraba justo a la altura del pecho de Hierro Nueve. En un aro alrededor del círculo, había esculpidas unas palabras en un idioma que desconocía.

—¿Se supone que eso es un timbre?

El gudrigan se encogió de hombros. Quedaba claro que no iba a serle de mucha ayuda. Así que Hierro Nueve presionó con el dedo la parte interior del círculo. La roca cedió, y mientras Hierro Nueve se estaba felicitando a sí mismo por haber acertado, su mano se hundió en el interior mucho más de la cuenta.

El círculo había dejado de ser un círculo; se había convertido en una boca circundada de dientes muy afilados y arqueados. Los dientes estaban lo justo como para que Hierro Nueve no pudiera sacar la mano fuera.

Cuando Hierro Nueve miró dentro del agujero, más allá del círculo de dientes, vio algo parecido a un tubo rojo que palpitaba.

—¡Oye! —gritó Hierro Nueve.

El gudrigan se rio con crueldad.

—Paga el precio de la sangre.

—¿Qué pague el qué?

—La Madre de Todos los Monstruos quiere saborearte.

—¿Saborearme...?

—Tu sangre.

Esa no era la respuesta que Hierro Nueve quería oír. Pero respetaba aquello del gusto irracional por la sangre. (¿Cómo no iba a respetar algo así?).

Respiró hondo y empezó a retirar la mano. Los dientes no mordían con fuerza, pero tampoco se retiraban, así que mientras iba sacando la mano, se le iban haciendo unos cortes en la piel. Superficiales, pero dolorosos.

Incluso por encima del dolor, lo que más le molestó fue que el tubo rojo empezó a chupar y chupar con fuerza. Como un niño cuando se toma un batido con una pajita estrecha.

Hierro Nueve sacó la mano del agujero entera salvo por un poco de piel y un poco de sangre.

—La próxima vez no toques el timbre —le sugirió el gudrigan—. Con llamar a la puerta basta.

La pared de piedra que unos instantes atrás le había parecido que era roca, empezó a crecer blanda y carnosa. Como si fuera carne de color piedra, más que piedra de color piedra.

Después, en medio de este panel carnoso, apareció una X. La X creció, y cada triángulo se convirtió en una lengua puntiaguda. Las cuatro lenguas salieron hacia fuera, y Hierro Nueve tuvo que enfrentarse a una de las entradas más raras que había visto nunca.

Tuvo que subirse a la lengua de más abajo para pasar. Bajo sus pies, la superficie era esponjosa, y estaba tan caliente que podía notarlo a través de la suela de sus zapatos.

Dio un paso hacia delante y se adentró en un túnel que no era del todo como se esperaba. No había pedruscos enmohecidos, estalactitas ni estalagmitas. Ni guías que ofrecieran rutas en todoterreno, ni una tienda de recuerdos.

El túnel tenía un diámetro de unos seis metros, y estaba tan vivo, carnoso y húmedo como la entrada de las lenguas puntiagudas. No estaba dentro de una cueva; estaba dentro de algo que tenía vida propia.

La «puerta» se cerró a sus espaldas con un sonido parecido al chasquido de unos labios. El gudrigan no le había seguido.

Hierro Nueve era un tipo duro. Pero estaba empezando a sentir una pizca de nervios. Estar metido dentro de un ser viviente tenía algo de inquietante. Pero anduvo con pasos firmes hacia delante por el carnoso túnel de color rojo intenso que palpitaba suavemente. Porque a juzgar por lo que había vivido hasta el momento, si se ponía a gimotear y a implorar que lo dejaran irse, de poco le iba a servir. Y tampoco había realmente nada a lo que pudiera disparar.

Caminó durante unos dos minutos y después se dio cuenta de que el «suelo» se estaba inclinando un poco hacia arriba. El túnel estaba recubierto de una especie de sustancia viscosa —no muy gruesa, pero lo suficiente como para que las cosas resbalaran— así que ir cuesta arriba no era fácil. Hierro Nueve deseó que las botas de montañismo ya se hubieran inventado porque le hubieran sido más útiles que los «guchis» de suela resbaladiza que llevaba.

Al poco rato, estaba a cuatro patas, patinando, resbalando y diciendo palabrotas a destajo mientras intentaba hacerse camino cuesta arriba. Al poco rato, llegó al final.

El tubo, túnel o lo que fuera, se abrió en una especie de caverna de color hígado. De hecho, podía ser un hígado; lo único que sabía Hierro Nueve sobre anatomía eran los mejores lugares donde apuñalar a alguien. (Y es que la educación que obtuvo en la Nafia fue un poco limitada.)

Esa habitación tenía forma de berenjena gigante. Había docenas de aberturas similares a aquella por la que Hierro Nueve había entrado y ante la que se encontraba de pie en ese momento.

El suelo de la habitación berenjena estaba formado por una membrana parecida a la piel de un tambor. De esta membrana salían una especie de tallos que parecían estalactitas y estalagmitas vivientes (lo que sea que va para arriba) y creaban una especie de bosque, como los del fondo del mar.

De repente, lo que parecía una enorme bola de mucosidad (intentaremos evitar las palabras como «moco») salió disparada por uno de los tubos. En cuestión de segundos, detrás de esta aparecieron dos bolas más. Las bolas (que tenían el tamaño de una pesada bolsa de boxeo y la consistencia y el color de un cigarrillo muy babeado estaban recubiertas por algún tipo chicle secado al sol) rebotaban sobre la membrana.

Entonces, los estalactallos apresaron cada una de las bolitas y empezaron a chuparles la mucosidad. Al rato, después de hacer tanto ruido como una pajita que sorbe lo que queda del batido en el fondo del vaso, de allí salieron tres criaturas insectoides como a las que Hierro Nueve había disparado de camino.

Pareció que no se dieron cuenta de que él estaba allí pero, una vez quedaron libres, empezaron a buscar el tubo correcto.

Eso implicaba contar con los dedos (no exactamente en base a diez, como cabe esperar) y después vino el recuento de los túneles. Finalmente, parecieron estar de acuerdo en cuál era el tubo correcto, así que corretearon hacia la parte resbaladiza de la habitación y se deslizaron por ahí.

Hierro Nueve se sentía algo desconcertado y no sabía cómo reaccionar ante aquella situación. Pero no tuvo que esperar durante mucho rato, porque en ese momento no pudo resistir clavar la mirada en la chica más bonita que Hierro Nueve había visto en su vida. Tenía una increíble cabellera pelirroja con rizos, la piel tan pálida que era casi transparente y unos ojos como esmeraldas. Andaba por el mar de estalactallos como una de esas chicas tan guapas que salen en la tele anunciando cremas y potingues que luego tienen efectos secundarios tan sorprendentes como eczemas en la piel o la caída del cabello.

Pero, claro, la televisión es un invento reciente, así que los anuncios de televisión sobre productos que causan eczemas o la caída del cabello todavía no existían. Así que Hierro Nueve solo se fijó en que la chica era bastante atractiva. Bastante...

—Hola, tú debes de ser Trucha Paddy —dijo la chica.

Le sonrió con tanto encanto que Hierro Nueve pensó que le iba a pedir una cita para salir a cenar unas ganchas de avena. Después, más adelante, irían a un espectáculo de lucha de perros contra osos, o a una competición de boxeo clandestina a puño limpio, o incluso, si jugaba bien sus cartas, quizás fueran a una pelea de gallos.

—Soy Risky —dijo.

Hierro Nueve la miró con lascivia y dijo:

—¿Así que eres Risky...? Seguro que te llam...

Y justo en ese momento se dio cuenta de que no podía respirar. No podía. Era como si tuviera algo estrangulándole.

Y después se dio cuenta de que ese algo era una serpiente que parecía salir de la larga y pelirroja cabellera de Risky.

En una cosa así era imposible no fijarse.

Tenía el precioso rostro de Risky muy cerca.

—Estabas a punto de decir que si me llamaban Risky la arriesgada —dijo Risky, todavía con amabilidad (dejando de lado lo de la estrangulación)—. Odio esa broma.

Hierro Nueve se las apañó para gruñir algo parecido a «Lo siento».

La serpiente de cabello se retiró, y Hierro Nueve respiró el fétido oxígeno.

—Has venido para conocer a mi madre —dijo Risky.

Hierro Nueve asintió con la cabeza y, con la garganta estrujada, graznó las palabras «la reina Pálida».

—Sígueme. Pero no hagas bromas: mamá no tiene ningún sentido del humor.

Veintidós

¿Has estado alguna vez en un lugar al que nunca habrías pensado que irías? Un lugar que parece no tener nada que ver contigo. Y que te provoca una sensación de intranquilidad tipo «guau, la vida es rara e impredecible». Y que te lleva a preguntarte si estás entrando en una espiral que conduce a la máxima expresión de lo *raruno*. O incluso a la locura.

Podrías pensar que Mack tuvo esa sensación cuando los skirrits empezaron a perseguirle en el colegio o mientras se estaba adentrando en Uluru o, quizás, cuando los elfos montados en bicicleta le perseguían por el mercado nocturno de Donghuamen.

Pero por alguna razón la sensación *raruna* le vino allí.

Se encontraba sentado en una mesa cuadrada de madera cubierta por un mantel blanco. Estaban él, Jarrah, Stefan y Xiao. Sobre la mesa tenían unas tazas de chocolate caliente llenas hasta los topes y unos platos que mostraban los restos de la comida que acababan de zamparse.

A pocos metros de ellos estaba el bufé del desayuno, cargado de pan, embutidos, quesos, yogur, granola con pinta de grava y piña en almíbar.

El bufé también tenía un cuenco metálico que había contenido unos pequeños donuts rellenos; se los habían comido todos, y la capa fina de cristalitos de azúcar que rodeaban las cuatro bocas los delataba.

Seguían liados con el pan, la mantequilla y la mermelada de arándanos rojos, comiendo como lo haría cualquier persona que lo último que hubiera ingerido fuera una brocheta de escarabajos.

Se encontraban en el comedor de un hotel en Detmold, Alemania. No era precisamente el lugar más raro en el que había estado Mack últimamente. De hecho, era tan normal, tan cercano a la realidad que se sentía especialmente extraño.

A veces, las cosas raras a más no poder parecen menos raras que las cosas que se salen solo un poco fuera de lo común.

En cualquier caso, estaban desayunando, sorbiendo el chocolate caliente con cautela, untando la mantequilla en el pan a lo bruto y pidiéndose la mermelada educadamente los unos a los otros.

Detmold era una pequeña y agradable ciudad con muchas casas góticas con marcos de madera de esas que se ven en las películas de Martín Lutero o de Juana de Arco. (Seguro que has visto unas cuantas.)

Básicamente, constan de unos troncos laminados, con los que realizan una especie de marco suelto para un edificio de tres o cuatro pisos. Después con unas pasta blanca rellenan todos los rectángulos y triángulos que quedan entre las maderas.

Después va un techo alto y acabado en punta cubierto por unas deprimentes tejas grises y se le pegan unas ventanas con muchos marquitos. Y ya tenemos la casa hecha.

Pero como ahora estamos en la Alemania actual, y no en el Detmold del siglo catorce (cuando la gente moría por la plaga, comía ratas y esperaba con ansiedad que se inventaran las duchas), imagínate unos Mercedes y unos Audis aparcados en varios lugares de la escena. Y algunos edificios más modernos. De hecho, la mayoría eran edificios modernos, ¿pero para qué complicar las cosas?

Para Mack, lo más importante de Detmold era que los detmolianos hacían un chocolate caliente bastante decente. Al terminar el desayuno, Mack pagó con la tarjeta de crédito especial de Los Magníficos 12, sacó el teléfono, hizo clic en el mapa y dijo: «Creo que eso está por aquí». Y señaló el mapa con el dedo.

Con ese «eso» se refría a Externsteine. Las Egge Rocks, como había dicho Grimluk.

Empezaron a andar. Estaba a varios kilómetros de distancia, pero el aire no era frío, y el sol, recién salido del horizonte, estaba cubierto por unas nubes finas, así que hacía un tiempo bastante agradable como para caminar. Además, ninguno de ellos entendía el alemán, de modo que todas las paradas de autobús por las que pasaron les resultaron indescifrables.

No obstante, al poco rato, después de salir de la ciudad, se vieron andando entre la niebla. Una niebla muy gruesa, de hecho. Seguir el camino no parecía difícil, pero resultó un poco estresante porque los coches seguían pasándoles por al lado. Mack pensó que andar por el borde de la carretera con una visibilidad casi nula era ideal para que le atropellara un Volkswagen.

Pero no podían hacer mucho al respecto. Y al cabo de un rato de andar a tientas entre la niebla, Mack se dio cuenta de que hacía bastante tiempo que no veían ningún coche.

—¡Au! —gritó Jarrah.

A pesar de que Mack se encontraba a solo unos metros de ella, no la veía.

—¿Qué pasa?

—Nada, solo me he dado un golpe con una señal y me he hecho daño en la rodilla.

Mack se acercó hasta donde estaba ella y pudo ver, también, la señal.

—Freilichtmuseum —leyó Mack—. ¿Qué es?

—¿Un museo de freilichts? —sugirió Jarrah.

—Entonces, ¿ni idea?

—Ni repajolera idea, chico.

Mack fue precavido e introdujo la palabra en el servidor del teléfono.

—Es un museo al aire libre.

—Vale.

Miró en la aplicación del mapa.

—Creo que nos hemos desviado un poco del camino. ¡Stefan! ¡Xiao!

Todos atendieron a la llamada y consiguieron reunirse. La niebla estaba volviéndose un poco más fina. Pero parecía que hacía más frío. Estaban en un lugar que recordaba mucho a un pueblo medieval. Un pueblo medieval desértico.

—Creo que es una versión alemana del pueblo de Williamsburg en Virginia. ¿Lo conocéis? —dijo Mack, inclinándose para leer la pantalla—. En este pueblo la gente se disfraza con vestidos medievales y te enseñan a montar a caballo, a hacer velas y cosas de estas.

—Aquí no hay nadie —dijo Stefan.

—Bueno, en esa cabaña de allí hay alguien —señaló Xiao. Mack vio a un par de hombres vestidos con unos pantalones de montar de cuero y unas camisas anchas.

—Yo no veo a nadie —dijo Stefan.

Justo en ese momento pasó un hombre que llevaba una jaula medio abierta llena de ratas.

—Odio las ratas —dijo Mack.

—Yo también —reconoció Stefan—. Pero yo no veo ninguna rata.

—En la jaula que lleva ese tipo —dijo Mack.

—¿Qué tipo?

Mack dejó de andar.

—¿Xiao? ¿Jarrah? ¿Vosotras habéis visto al chico con la jaula llena de ratas, no?

Ambas contestaron que sí. Stefan, no.

Stefan tampoco vio a la mujer que iba con una vaca.

Ni vio a los dos hombres que trabajaban y ponían troncos de leña en un carro. Ni a la chica joven que llevaba a un bebé en brazos. Ni al hombre gordo y calvo montado en un caballo al revés.

A los pocos segundos de una conversación que cada vez era más desconcertante, quedó claro que Stefan estaba viendo algo completamente distinto de lo que veía el resto.

Stefan veía un conjunto de edificios antiguos completamente vacíos, pero limpios y bien preservados; un pueblo con un gran molino de viento.

El resto veía varios cobertizos, unas chozas que a duras penas se mantenían en pie y una población formada por gente joven que iba muy sucia, vestía con harapos, les faltaban muchos dientes y no tenían ni idea sobre estilismo ni lo más básico en temas de aseo personal.

La jovencita que llevaba un bebé iba acompañada por un chico (de hecho no debían de tener más de doce años o así) y llevaban un par de vacas.

—¿No ves eso? —apuntó Mack.

—No. No, no veo vacas, bebés ni a ningún tío —sostuvo Stefan.

—Él no posee la *pujanza ilustrada* —dijo una voz con acento alemán.

Mack se giró rápidamente, y allí, de entre la niebla, surgió un chico. Llevaba vaqueros y una chaqueta tejana. Podría haber parecido un tipo duro, pero no. Era un chico delgado en extremo, tirando a alto, y tenía un bonito pelo rubio que le llegaba hasta los hombros. Su boca era fina y sus ojos marrones, muy grandes. Mack pensó que debía de tener unos diez años.

—Me llamo Dietmar —dijo el chico.

—Bien por ti —espetó Stefan—. ¿A que no te atreves a repetir lo que me has dicho?

—Que no ves lo que ellos ven —dijo Dietmar con voz suave y reverencial—. Porque ellos poseen la *pujanza ilustrada*. Son Magníficos.

—¿Y qué es lo que tú ves? —preguntó Mack, con un tono un poquito menos hostil que el de Stefan. Las ratas le habían perturbado. Y también la sensación de que quizá estaba alucinando.

—Yo veo lo mismo que tú —dijo Dietmar—. Veo a Gelidberry y a su marido huyendo del pueblo porque la reina Pálida se aproxima.

Mack se quedó petrificado.

El chico les dedicó una sonrisa rápida y corta.

—Conocéis su nombre, ¿verdad? ¿El del joven que huye?

Mack observó a la pareja con el bebé y las dos vacas que se alejaban con rapidez.

—Grimluk —susurró Mack.

Veintitrés

—Vale, ¿de qué va todo esto? ¿Cuál es el truco? —preguntó Jarrah. Todo aquello la estaba poniendo de mal humor.

Dietmar negó con la cabeza.

—Estamos en un lugar muy antiguo. Mucho antes de que construyeran el Freilichtmuseum, en este lugar había un pueblo. Hace mucho, mucho tiempo.

—Hace tres mil años —dijo Mack.

—Eso es —convino Dietmar—. Estamos en un lugar con mucha energía. Son muy pocos los que pueden sentirla, y solo aquel que posea la *pujanza ilustrada* podrá ver a través de la noche de los tiempos.

La niebla estaba desapareciendo. Al asomarse el sol, la temperatura volvió a ser más cálida. Ahora todos veían el pueblo rehabilitado como el resto del mundo lo veía, como un museo al aire libre. Los fantasmas de una época pasada se habían ido.

—Si tú lo has visto, entonces debes ser uno de los nuestros —le dijo Xiao a Dietmar.

—¿Uno de Los Magníficos Doce? —asintió Dietmar—. Sí. Soy Dietmar Augestein.

Alargó una mano y Jarrah la estrechó. Después hizo una mueca.

—A tus apretones de manos les falta un poco de fuerza, colega.

Dietmar parecía no saber qué contestar.

Por su parte, Mack no tenía muy claro qué pensar de ese chico ni de su aparición. Se había quedado en shock con la visión (alucinación o lo que fuera) de Grimluk cuando era joven. ¿Había provocado el mismo Grimluk esa aparición? ¿Quizás Grimluk estaba intentando decir: «Veis, yo también fui joven, y tuve miedo»?

—¿Te ha mandado alguien para que nos encontraras? —preguntó Mack.

Dietmar se sonrojó. Se notaba mucho porque tenía la piel extraordinariamente pálida y el sonrojo le subió lentamente desde el cuello como si fuera una marea ascendente.

—Nadie. En el *schloss* de mi familia hay unas habitaciones muy antiguas, bajo el suelo.

—¿*Schloss*?

—Una especie de castillo —se encogió de hombros—. Aunque quizás no me creáis.

—Te sorprenderías de todo lo que somos capaces de creernos —dijo Mack.

—No es un castillo muy antiguo, pero antes de este, había otro castillo, y antes de este, otro, ¿sabéis? Los construyeron unos encima de los otros. Igual que el pueblo. Pero si conoces el camino, puedes encontrar las habitaciones antiguas. Personalmente, lo de investigar cosas antiguas me encanta.

—¿Es una historia larga? —interrumpió Mack.

—Sí.

—No quisiera ser maleducado —dijo Mack—, pero es que parece que allá donde vamos, aparece alguien que quiere matarnos. Así que explícame solo la versión corta.

—Soy el tatara, tatara, tatara, tatara, tatara, tatara, tatara, tatara, tatara...

—¿No podrías abreviar?

—El tatara ciento cuarenta veces nieto de Grimluk y de Gelidberry —Dietmar frunció el ceño—. No espero que me creáis, pero así es. Ya sé que parece increíble.

—¿Increíble? No mucho —dijo Mack—. Anoche un saltamontes gigantesco intentó matarme, uno elfo me pegó un garrotazo, una terrible princesa mutante me atacó en la Gran Muralla China y he llegado hasta aquí montado en el lomo de un dragón con mal de amores.

—Entiendo —dijo Dietmar.

—¿Entiendes? —repitió Mack.

—Todo eso que te parece tan raro a mí no me lo parece tanto —dijo Dietmar—. Hace mucho que conozco la *pujanza ilustrada* y sé para lo que sirve. Mientras tú estabas probablemente jugando con videojuegos, yo leía textos antiguos en lenguas olvidadas.

—¿Qué es exactamente la *pujanza ilustrada*? Es algo que me encantaría saber —dijo Mack con desgana pensando que Dietmar era un poco pedante. Tan pedante, de hecho, que probablemente sabría decir lo que significa la palabra «pedante» sin tener que mirarlo en el diccionario. (Os lo pondré fácil. Algunos sinónimos de «pedante» son: preciso, exacto, perfeccionista, puntilloso y quisquilloso.)

—La *pujanza ilustrada* es una especie de capacidad, un talento, podría decirse —les aleccionó Dietmar—. Es como la electricidad en el sentido de que otorga poder a las cosas: como al lenguaje o a la vista.

—Sí, por eso podemos usar el Vargran mientras que la mayoría de la gente no puede —dijo Jarrah.

—Exactamente —dijo Dietmar—. Pero no es una fuente infinita de poder. Es como las pilas: si la usas demasiado, se debilita y, entonces, hay que recargarlas.

Mack estrechó los ojos. Estaba intentando decidir si Dietmar realmente sabía mucho o si solo lo fingía.

—¿Quieres decir que podría desvanecerse cuando la necesitemos?

Dietmar asintió con la cabeza.

—Quizás por eso tienen que haber doce Magníficos y no tres o nueve.

—O cinco —añadió Stefan.

Dietmar respondió:

—Creo que eso queda implícito.

—¿Y si hubiera cuatro? —dijo Stefan.

—La *pujanza ilustrada* de cada uno de nosotros posee una frecuencia distinta. O por lo menos eso es lo que he extraído de mis lecturas.

—Ya, las lecturas que llevabas a cabo mientras nosotros jugábamos con los videojuegos —dijo Mack.

—Exactamente —dijo Dietmar, sin pillar el reproche de Mack—. Puede que averigüemos que cada uno de nosotros tiene una especialidad, que podemos hacer cosas que el resto de los doce no pueden.

—¿Tu superpoder consiste en hablar mucho? —se quejó Stefan.

—Desde aquí, Externsteine no nos queda muy lejos a pie —dijo Dietmar, ignorando a Stefan intencionadamente—. Ocho kilómetros.

Así que mientras atravesaban el museo al aire libre y salían después al inmaculado y precioso campo, Mack escuchó la versión larga de la historia de Dietmar, en la que no hace falta que nos metamos ahora mismo. Será suficiente con contar que en los últimos tres mil años, en la familia de Dietmar ocurrieron un montón de cosas. Muchas idas y venidas: hunos y tártaros, unas ochocientas noventa y cuatro guerras y por fin llegamos al punto en el que Dietmar empieza a husmear en los sub-sub-sótanos del schloss de la familia y descubre su larga, larga y larga historia.

Dietmar se perdía en detalles —minucias—, así que Mack se pasó la mayor parte del tiempo prestando poca atención y mirando el paisaje. Se estaban acercando a unos bosques. Unos bosques oscuros.

—¿Entonces qué te hizo pensar que íbamos a estar allí? —preguntó Mack.

—Pensé que estaríais en Externsteine, de hecho. Pero cuando vi la niebla, y me di cuenta de que el epicentro se encontraba en el pueblo antiguo, se me ocurrió que os habríais desviado hasta allí. La de hace un rato no ha sido mi primera visión del pasado —suspiró Dietmar—. Sé que estamos en el año del levantamiento de la reina Pálida. Y llevo tiempo pensando (o quizás solo deseando) que yo iba a formar parte de Los Magníficos Doce.

—¿Pero por qué hoy?

He ido en bicicleta hasta Externsteine a diario desde que supe que yo poseía la *pujanza ilustrada* y que quizás iba a formar parte de Los Magníficos Doce. Hace setenta y dos días. Cada día iba en bicicleta antes del colegio. Y después del colegio, volvía.

Justo en ese momento el teléfono de Mack emitió un sonido tintineante que le anunciaba que tenía un nuevo mensaje. Miró la pantalla.

Camaro dice que tengo que bailar. ☺ Tu golem.

Camaro solo podía ser Camaro Angianelli, la abusona oficial de los empollones de la escuela Richard Gere (¡Arriba, equipo!)

Mack no había oído nunca que obligara a bailar a los niños, pero quizás se había cansado de pellizcar pezones, de meter cabezas en los retretes, de poner chinchetas en las sillas, de bajar pantalones, de meter zancadillas, de dar cofias y pegar puñetazos, lo típico de toda la vida. No le resultaba muy difícil imaginarse a Camaro obligando a un empollón a bailar.

Lo que le pareció a Mack más raro fue el hecho de que hubieran clasificado al golem de empollón.

Mack le contestó:

Si Camaro te dice que bailes, tú baila. Suerte.

—¿Entonces oíste que el destino te llamaba? —le estaba diciendo Jarrah a Dietmar.

—No exactamente.

—¿Querías honrar a tus ancestros, a Grimluk y a Gelidberry? —sugirió Xiao.

Dietmar parecía estar un poco incómodo. Como si el destino y los ancestros fueran conceptos extraños para él.

—Yo solo leí que Los Magníficos Doce iban a aparecer. Y que vendrían a Externsteine. Tarde o temprano. Y me lo creí.

Se encogió de hombros.

—Pensé que era cierto.

—¿Por qué en Externsteine? ¿Por qué iba a mandarnos Grimluk aquí? —preguntó Mack. Pero en ese preciso momento pasó un autobús a toda prisa.

—Turistas —dijo Dietmar—. Vienen a visitar Externsteine. No vamos a estar solos.

Mack vio el autobús que se alejaba disparado, y que después disminuía la velocidad para girar en un curva. Se lo quedó mirando. No. No podía ser. No podía ser que Hierro Nueve hubiera subido a un avión y hubiera llegado hasta allí tan rápido.

—¿Alguien más ha visto un sombrero verde en el autobús? —preguntó Mack-. Xiao, estaría bien que fueras volando a ver lo que nos espera —pidió Mack. Después se detuvo:— No es que te esté dando una orden.

Xiao le dio un par de vueltas al asunto.

—Como eres el primero de Los Magníficos Doce, eres el primogénito. Como un hermano mayor. Así que deberíamos hacer lo que tu digas.

—Siempre y cuando no se ponga mandón —dijo Jarrah.

—Siempre y cuando tenga razón —dijo Dietmar.

Por su parte, Mack pensó que quizás deberían convocar unas elecciones para decidir la persona que iba a estar al mando. Pero no había tiempo para eso. En cualquier caso, Xiao ya se había transformado.

Dietmar no había presenciado nunca algo parecido.

—No es posible…

Mack y Jarrah intercambiaron una sonrisa.

Dietmar agitó la cabeza.

—No, definitivamente, no es posible. Está violando las leyes de la física.

Xiao decidió que las leyes de la física no la iban a detener y surcó los cielos. Regresó un minuto más tarde.

—He visto las rocas, Externsteine. Tienen un aire primitivo magnífico. También he visto el autobús y la gente saliendo de él. Parecían turistas normales. Pero había un tipo muy anciano vestido de verde.

—¿Cómo ha llegado hasta aquí tan rápido? Tiene que haber ido directamente de la Ciudad Prohibida al aeropuerto.

—¿En avión privado? —sugirió Jarrah.

—No lo sé —dijo Mack—, pero para ser tan lento, llega a los sitios bastante rápido.

—Vamos —dijo Stefan sonriendo—. Le debo una a Paddy Chiflady.

Mack se inquietó.

—Ojalá supiera qué tenemos que hacer cuando lleguemos a esas estúpidas rocas. Quiero decir, aparte de luchar contra Hierro Nueve.

—¿Cuáles son las instrucciones? —preguntó Dietmar con sensatez.

Mack alzó las manos.

—No tenemos instrucciones claras. Grimluk me mandó a Pekín, donde nos encontramos con Xiao. Después de eso, todo lo que sabemos es Egge Rocks y «la piedra del cojo».

—¿La piedra del ojo? —dijo Dietmar.

Mack lo miró pensativo.

—¿Sabes qué? Igual sí que era «ojo». Tendría más sentido que «cojo».

—Somos magníficos, pero no necesariamente listos —dijo Jarrah.

—Entonces sois afortunados de haberme encontrado porque yo soy listo —dijo Dietmar. No lo dijo en broma—. Mi apellido es Augestein. Mucha gente cree que viene de Augustus, el emperador romano.

—Ya, justo iba a decirlo —contestó Jarrah con sequedad.

—Pero en realidad «Auge» significa «ojo».

—Y «Stein» es la segunda persona del plural del verbo estar —dijo Stefan.

—En realidad significa «piedra».

—Entonces por qué mi tío Fritz siempre nos dice a mis primos y a mí: «Estein quietos en el sofá que yo voy a por una cerveza».

«La piedra del cojo» era en realidad «la piedra del ojo». Mack se paró a mirar a Dietmar más detenidamente. Al principio Dietmar no le había caído bien. Tampoco a Jarrah, está claro. Cuando soltó que tenía un castillo antiguo y que era descendiente de Grimluk pensó que se estaba tirando el rollo. A Mack no le gustaba la gente que pensaba que era mejor que el resto. Y a Jarrah todavía menos. Solo Xiao parecía indiferente; quizás porque pensaba que los que no eran dragones, eran todos más o menos iguales.

—Augestein. El ojo. «La piedra del ojo» —repitió Mack—. Grimluk nos estaba diciendo que teníamos que encontrarte. Para que la «piedra del ojo» (que es tu apellido, así que eres tú) nos llevara a las Egge Rocks. A Externsteine.

—Parece lógico —dijo Dietmar.

—¿En serio? ¿Te parece lógico? ¿No podría haber dicho «Encontrad a un niño llamado Dietmar; él os guiará hasta Externsteine»?

Dietmar se encogió de hombros.

—Lo importante es que me habéis encontrado. Y ahora os llevaré a las Egge Rocks, a Externsteine.

La actitud de Dietmar estaba irritando muchísimo a Mack. También le irritaba su pelo rubio, porque seguramente las chicas lo adoraban. Pero Dietmar era uno de ellos, le gustara o no. Y Mack se dio cuenta de que quizá muchas cosas de los doce no le iban a gustar. Pero eso no importaba. Lo importante era seguir con vida y no dejar que la reina Pálida ganara.

—Bien, Dietmar Augestein, ¿y ahora qué se supone que tenemos que hacer?

Dietmar parecía desconcertado.

—No lo sé.

—Yo sé exactamente lo que hay que hacer —dijo Stefan—. Darle una buena paliza a ese viejo.

Stefan corrió directo hacia la hilera de árboles que los separaba de Externsteine.

—Pero no tenemos ningún plan —protestó Dietmar.

—Nunca lo tenemos, en realidad —dijo Jarrah—. Venga, alteza, creo que vamos a presenciar una pelea histórica.

Después de cruzar el bosque, aparecieron en un bonito aparcamiento. Un césped bien cortado rodeaba un lago que tenía la mismísima forma del estado de Vermont.

Extersnteine en sí estaba formado por una serie de rocas altas. Quizás tenían unos sesenta metros de altura. Eran de color claro, y no había árboles ni hierba; eran como unos dedos rocosos que señalaban hacia el cielo.

A Mack le dio la impresión de que aquello era lo que quedaba de una estructura más grande. Parecía una ruina arquitectónica, como una parte de las paredes de Troya o de una pirámide maya.

Imagina una fila de esas chimeneas gigantescas que se alzan encima de las centrales eléctricas. Ahora imagínatelas de color blanco. Y después, imagínatelas todas agrietadas y ruinosas.

Y tú estás justo allí de pie en el momento en el que se van a romper del todo y a caerse.

Parecían hechas polvo. Desgastadas por el tiempo. Proyectaban unas sombras muy largas bajo el sol de la mañana. El contorno de esas sombras fue lo que hizo que Mack se diera cuenta de que esos pilares estaban ordenados de más pequeño a más grande, y que el pilar más alto estaba junto al lago, casi dentro.

El lago no tenía nada de especial; en realidad era solo un estanque. Tenía el agua oscura y de un color verde turbio.

—Es un lugar antiguo —dijo Xiao—. Puedo sentir que el lugar alberga muchos recuerdos. Anomalía. Peligro. Maldad. Pero también fe y esperanza.

—Sí, tiene algo que me recuerda a Uluru —admitió Jarrah.

—Hay unas escaleras que suben hasta allí. Un pasadizo. ¿Vamos? —preguntó Jarrah.

Hierro Nueve se encontraba a mitad de camino entre ellos y la cuesta. Los turistas del autobús estaban desenfundando sus cámaras, haciendo estiramientos y buscando ansiosamente los baños.

—No veo ningún lepercon —dijo Mack—. Si corremos (o solo con que caminemos rápido) podremos esquivar a Hierro Nueve.

Stefan, sin embargo, no tenía interés en esquivar a Hierro Nueve. Avanzaba muy decidido a grandes pasos directo al anciano de verde.

—Tú y yo, cara a cara, viejo —dijo Stefan.

Hierro Nueve soltó una sonrisa de loco enseñando sus dientes insalubres de caballo. Lentamente extrajo el bastón espada.

Stefan se detuvo.

—Lo primero que voy a hacer es meterte esa espada por…

Y en ese momento alguien salió por detrás de Hierro Nueve.

No podía tener más de doce años. Era un niño pequeñajo. Tenía la piel de color caramelo, unos grandes ojos oscuros, el pelo negro y largo con mucho volumen y atado en una gruesa coleta.

Llevaba unos bombachos blancos que parecían hinchados. Arriba llevaba una chaqueta estrecha bordada de un extraño color rosa salmón.

Alrededor de la cintura llevaba una faja satinada de color verde. En la faja llevaba pegadas dos vainas adornadas con unas joyas. Y en la mano sostenía un bastón de unos cuatro metros.

Este niño de aspecto bastante peculiar hizo girar el bastón sobre su mano con entrenada facilidad.

Hierro Nueve dijo:

—Dejadme que os presente a mi nuevo aprendiz.

—Valin —dijo el chico. E hizo una reverencia desde la cintura, inclinándose levemente de forma arrogante. Dedicó una sonrisa burlona a Mack e ignoró a Stefan.

—Apártate, niño —le avisó Stefan.

Valin se rio con regocijo.

—Estoy instruido en todo tipo de combates, tumultos, altercados y asesinatos.

—Me alegro por ti —dijo Stefan—. Se acercó para apartar al chico de un empujón.

En ese momento Valin hizo girar el bastón sobre su mano y arremetió contra Stefan, giró, se dio la vuelta, golpeó a Stefan a un lado de la cabeza y acabó por clavárselo en el estómago.

Stefan se cayó plano sobre su espalda, pero en un abrir y cerrar de ojos volvía a estar de pie.

—Pequeñajo, apártate de mi camino —le avisó Stefan—. O puede que te mate por accidente.

—Eso sería muy... —empezó a decir Hierro Nueve, tras lo que jadeó y volvió a jadear—. Mala idea. Porque mi aprendiz es uno de los vuestros.

—Es verdad —dijo Valin—. Yo también poseo la *pujanza ilustrada*. Pero a diferencia de vosotros, idiotas desesperados, yo sirvo a la reina Pálida.

Veinticuatro

—¿Qué? —dijo Mack.

—¡No puedes estar de su parte! —gritó Jarrah.

—¡Eres un traidor! —gritó Dietmar.

Valin se encogió de hombros.

—Si me matáis, nunca llegaréis a juntar a todos Los Magníficos Doce. Y si no me matáis, entonces os mataré yo a vosotros.

—Un momento —dijo Mack—. ¿Tienes doce años y ya eres malo? ¡Eso es imposible!

—¿De veras? —preguntó Valin con aires de suficiencia—. Piénsalo bien.

Así que Mack se lo volvió a pensar. Y cuando se puso a recordar a los niños de doce años que conocía o que había conocido, le costó creer que ninguno de ellos fuera malo. Aún así, ser sirviente de la reina Pálida y aprendiz de asesino de la Nafia le parecía demasiado. Lo dijo.

Mack se quedó de piedra. Primero porque le parecía una locura, incluso comparado con los nuevos niveles de locura que recientemente había llegado a aceptar. Quería que le diera alguna explicación.

Pero también se había quedado de piedra porque Stefan se estaba alejando disimuladamente de este extraño engreído que vestía de forma extravagante. Era totalmente imposible que Stefan huyera, así que eso solo podía significar que Stefan estaba tramando algo. Así que tenía que distraer a Valin para darle tiempo a Stefan.

—¿Tuviste una mala infancia, o algo así? —preguntó Mack.

Valin puso una burlona cara de pena y dijo:

—He tenido una vida dura. ¡Buaaa!

—Quizás podríamos conseguir a alguien que te ayude.

La sonrisa de Valin se evaporó.

—No tenéis ni idea, idiotas. No sabéis quién soy. Ni de dónde vengo. Ni de por qué debo destruiros.

—Tengo algo de tiempo —dijo Mack—. Soy todo oídos, si quieres.

—Va a ser que no —dijo el chico—. Lo único que voy a decir es que cuando haya terminado contigo, habré vengado a mi familia de una injusticia que nos hizo la tuya.

—No creo que mi madre y mi padre nunca hayan… —empezó a decir Mack.

—Te está entreteniendo —intervino Hierro Nueve—. ¡A por él, mi joven aprendiz!

Mack imaginó que solo necesitaría unos segundos más. Se lo imaginó porque, como siempre, se fijaba mucho en las cosas. Y se había fijado en que el motor del autobús turístico acababa de rugir y de cobrar vida. Estaba bastante seguro de quién iba al volante.

—¿Entretenerle? ¿Yo? Pero si a mí lo único que me interesa es la historia —dijo Mack. Si el profesor de Historia de la escuela Richard Gere (¡Arriba, equipo!)

hubiera oído aquello, se habría puesto a llorar de la risa.

En este momento llegó el chirrido del cambio de marchas, y el autobús se acercó a toda velocidad por el césped.

Hierro Nueve se giró hacia el autobús tan rápido como un gato; si es que el gato en cuestión está muerto. Pero Valin fue mucho más rápido. Agarró a su anciano amo y lo tiró al suelo.

El autobús pasó por encima de los dos.

Stefan pisó el freno, y el autobús se detuvo con ambos, Hierro Nueve y Valin, debajo.

—¡Vamos, vamos, vamos! —gritó Mack.

Él, Dietmar, Jarrah y Xiao, corrieron hacia la cuesta que subía hasta Externsteine. Stefan fue detrás. A Valin le llevó un rato sacar a Hierro Nueve de debajo del autobús. Y después tuvo que volver a meterse debajo para rescatar el bastón espada de su amo. A continuación, tuvo que esperar a que Hierro Nueve jadeara, respirara con dificultad, tosiera, resoplara, gorgojeara una flemilla y la sacara con un buen escupitajo. Y por aquel entonces, Los Magníficos Cuatro estaban abriéndose camino a empujones entre los lentos turistas, subiendo a zancadas por unas escaleras de piedra y pasando bajo unos arcos de acero destartalados y oxidados, subiendo piedra a piedra, hacia el pináculo.

Alcanzaron la cúspide sin aliento, dedicando palabras de disculpa a las personas de mediana edad que habían empujado al pasar. Valin estaba más abajo, corría para atraparlos, pero todavía estaba a unos minutos de ellos.

—Vale, ¿y ahora qué? —jadeó Mack.

—Sí, ¿ahora qué? —repitió Dietmar.

—¡Oye! ¡Yo pensaba que tú lo sabías!

Dietmar parecía muy serio.

—He estado aquí muchas veces, es verdad. Después de todo, este lugar aparece en el blasón de la familia. Pero…

—¿En el qué?

—En nuestro blasón. El escudo de armas de los Detmold de la dinastía von Augestein. El símbolo de nuestra familia. Tiene el casco de Helmut der Zusammenhanglos —Helmut El Incoherente—, el más grande de los von Augesteins que vivió en el siglo catorce, conocido por su incapacidad para hablar claro. Bajo el casco de Helmut aparecen los tres leones negros sobre Externsteine. Y, por supuesto, el lema de nuestra familia, que escribió Helmut y que, por eso mismo, es totalmente incoherente.

—Incoherencias ya has dicho tú unas cuantas —dijo Jarrah—. No he entendido ni una palabra de tu perorata. Y por cierto: ¡ding, dong! ¡El loco ese está viniendo!

Xiao parecía un poco irritada con Jarrah.

—No deberías ser irrespetuosa con los ancestros de Dietmar.

—¿Qué tiene de incoherente el lema? —preguntó Mack.

Dietmar se encogió de hombros.

—Está escrito en un alfabeto raro, en unos símbolos que no significan nada.

La curiosidad de Jarrah pudo con su escepticismo.

—¿Podrías escribirlo aquí? Los símbolos, digo.

—No tengo nada para escribir.

Jarrah se metió el dedo en la boca y con la saliva escribió sobre una piedra plana.

—Vale —dijo Dietmar con asco—. Por supuesto que me sé los símbolos. El blasón de la familia está grabado en nuestra vajilla; me he quedado mirándolo desconcertado muchas veces.

Los dibujó.

Valin se acercaba.

Stefan le bloqueó el paso en un extremo de un puente corto que ponía los pelos de punta.

—¡Es Vargran! —dijo Jarrah, mientras miraba cómo Dietmar terminaba de escribir—. Y pone...

Jarrah frunció el ceño y se concentró.

—Pone «Abre la escalera hasta el cielo», creo. Claro, dicho en Vargran sería «*Sec-et eb etchi n(ch) alinea*».

Mack se estremeció. Miró a su alrededor. Dio un suspiro de alivio.

—Creía que iba a suceder algo...

Dietmar estaba profundamente impresionado por lo que Jarrah acababa de decir.

—No me puedo creer que después de tantos años por fin sepa que nuestro lema familiar es «*Sec-et eb etchi n(ch) alinea*».

Mack volvió a estremecerse. Y esta vez se estremeció con razón porque de repente el suelo empezó a temblar.

—¡Un terremoto! —gritó Mack.

—¡En Alemania no hay terremotos! —protestó Dietmar.

—Ahora sí —dijo Jarrah—. ¡Bienvenido a Los Magníficos Doce!

—¡Ey, vosotros, salid de las rocas! —gritó Mack a los turistas de mediana edad.

Dietmar gritó en alemán. Algo así como: «*¡Bajen estrujen roquen!*». O por lo menos así es como le sonó a Mack.

La gente corría, bajaba las escaleras y cruzaba los puentes con apremio. En un terremoto, la gente haría eso: correr y correr a toda prisa. Y por suerte, esto pilló a Valín por sorpresa. La asustada multitud lo estaba arrollando.

Externsteine temblaba. Los pilares de roca se balanceaban de un lado a otro como las adolescentes en un concierto de KeSha. En el laguito se levantaron olas.

Por desgracia, Mack no tenía la opción de salir corriendo. Tenía que quedarse allí en la cima del pilar, con los brazos extendidos para no perder el equilibrio, como un surfero intentando mantenerse sobre una ola muy grande.

Stefan consiguió llegar a su lado y dijo: «Vaya...», pensativo y profundamente impresionado.

El pilar más pequeño de pronto hizo un estruendo, la base se levantó del suelo y creó un nube de polvo en el aire. Se inclinó de punta a punta, lentamente como si fuera una batuta, y se posó sobre el pilar de al lado.

Estos dos pilares después crujieron y se desmoronaron uno encima del otro.

Formaron una especie de escalera rudimentaria de tres escalones. Una escalera por la que se podía subir si tenías unas piernas extremadamente largas.

Entre el oleaje de color verde oscuro, un nuevo pilar empezó a surgir del interior del lago. Se abrió camino hacia el cielo, salpicando agua, barro y algas por todo su alrededor.

Se alzó más alto, hasta donde se encontraban Mack y el resto.

—¡Venga! —gritó Mack.

Saltó al pilar que se estaba levantando. Aterrizó de golpe, se tambaleó, dio dos pasos demasiado grandes como para equilibrarse y casi cae.

Pero la mano de Stefan lo cogió y tiró de él.

Otro pilar empezó a erguirse, aunque el pilar en el que ellos se encontraban tampoco paraba de subir. El último pilar salía del lago, y se acercaba hacia ellos.

—¡Es una escalera! —jadeó Mack.

Saltaron todos juntos al siguiente pilar mientras veían cómo ascendía; era increíblemente alto y estaba cubierto de unos dibujos impresionantes en los que aparecían leones, unicornios, cosas raras que ninguno de ellos reconocía, símbolos y figuras de gigantes con barbas y de mujeres en cuyos cabellos llevaban muchas trenzas.

Subieron. Mack miró abajo para ver si estaba creciendo algún escalón más, pero parecía que aquello era todo.

—¡Mirad! —gritó Xiao.

El pilar, el escalón final, subía hacia una puerta que se sostenía por sí sola en el aire. Una gran puerta que conducía, (o eso pensó Mack) a ninguna parte.

Veinticinco

El marco de la puerta era un arco puntiagudo de piedra en el que se entrelazaban serpientes, escudos, lanzas y otras figuras que no inspiraban mucha confianza.

La puerta en sí estaba hecha de árboles. No de madera. Diríamos «madera» si habláramos de tablas o al menos láminas de corcho. Esta puerta estaba hecha de unos troncos tan grandes como una secuoya. Todavía llevaban la corteza. Y estaban unidos con unas cintas de hierro de las que salían unos alambres con púas.

El pilar se detuvo. Todavía estaba húmedo y un poco pegajoso por el agua del lago. Mack y el resto se encontraban probablemente a unos ciento cincuenta metros del suelo. Como en un rascacielos. A suficiente altura como para no oír los clics de las cámaras de abajo ni los gritos de sorpresa. Pero no tanto como para no ver que los atónitos turistas del tamaño de una hormiga los estaban mirando. Los inevitables teléfonos y cámaras apuntaban hacia ellos.

Hierro Nueve y Valin también miraban. Pero estaban demasiado lejos como para que Mack pudiera ver la cara que ponían, aunque no parecían estar enfadados ni profiriendo amenazas. Su calma era inquietante.

—Hay una señal en la puerta —dijo Jarrah.

Dietmar la observó.

—Pone «Cuidado con el lobo» en alemán, y creo que también en sueco y en danés.

—¿«Cuidado con el lobo»? —repitió Mack—. ¿Es que hay un lobo?

Vieron un picaporte. Era una bola de hierro enorme sobre una bisagra. Las posibilidades de que alguno de ellos pudiera levantarla eran nulas.

—¿Deberíamos llamar a la puerta? —preguntó Xiao.

—Como si alguien fuera a escucharlo... —dijo Jarrah.

—¿Pero queremos que se abra? —se preguntó Xiao en voz alta.

Mack suspiró.

—Grimluk dijo que teníamos que descubrir lugares secretos. Dejarnos ayudar por los antiguos. Él nos mandó hasta aquí, ¿no?

Llamó a la puerta. Sonó muy bajito.

—Creo que sé lo que hay detrás de la puerta —dijo Xiao.

—Yo también —dijo Dietmar.

Stefan la aporreó. Con tres patadas. Con toda la fuerza que pudo sin romperse el pie. Eso tampoco hizo mucho ruido, pero obtuvo una respuesta.

Un aullido.

No, eso no lo expresa con exactitud. ¡Fue más bien un AAAUUUUUULLIDO!

Eso.

Mack, Jarrah, Xiao y Dietmar pegaron un salto. Si sumáramos todos esos saltos, obtendríamos un récord olímpico. Stefan no saltó. Pero dijo:

—Vaya.

La puerta se abrió con un movimiento brusco. Provocó una corriente tan fuerte que casi los succiona.

Allí de pie sujetando el pomo y frunciendo el ceño había un gigante. Medía probablemente unos cuatro metros de alto. Tenía unos músculos enormes, voluminosos, aceitosos y bronceados. Tenía los ojos azules y una mirada muy intensa.

En la mano que tenía libre sujetaba una correa corta enganchada a un gran collar que ataba el cuello de un lobo grande como un elefante.

Pero el lobo daba mucho más miedo que un elefante.

El lobo era gris, excepto por el hocico que lo tenía negro; los ojos también los tenía negros y los dientes, muy blancos. El lobo tenía una mirada muy intensa.

Emitió un sonido parecido a «Grrrrr, grrr». Muy grave y profundo en la garganta.

Mack se asustó.

Pero a pesar de que Mack sabía que debía mantener la atención centrada en las babosas fauces del lobo (unas fauces con las que no solo derribaría la casa de los tres cerditos de un soplido, sino que también la masticaría y se la tragaría), Mack no pudo evitar fijarse en dos detalles muy extraños.

Primero, el gigante con barba llevaba unos pantalones de chándal y una camiseta de Led Zeppelin. Los pantalones eran de color azul clarito con una raya blanca en el lateral. La camiseta le iba tan ceñida a ese masivo torso que era como si un hombre llevara una camiseta de bebé. El estómago lo llevaba al descubierto, y revelaba la mitad de unos abdominales a lo tableta de chocolate.

La segunda cosa, todavía más impactante, era que alrededor del cuello del gigante colgaba la que con toda seguridad era la guitarra eléctrica más grande del mundo.

—¿Qué queréis? —gruñó el gigante.

Se quedaron boquiabiertos, sin saber qué responder. Porque ninguno de ellos tenía mucha experiencia en lidiar con gigantes roqueros y lobos.

Finalmente, Mack dijo:

—Mmm…

—¿Y bien?

—Somos… Esto… Somos Los Magníficos Doce. O mejor dicho, cuatro de ellos.

Los intensos ojos azules del gigante parpadearon. Tenía una mirada bastante astuta y sonreía como para sí mismo. Después, con fingida sorpresa, dijo:

—Guau. Qué tarde se ha hecho. ¡Pensé que todavía estábamos en el siglo veinte!

—No —dijo Mack—. Estamos en el... Esto... Estamos en el veintiuno.

El gigante asintió con la cabeza.

—Bueno, pues entonces pasad.

Mack y el resto dudaron.

Le pareció que había interceptado una mirada de complicidad entre el lobo y el gigante.

El gigante soltó una carcajada.

—No te preocupes por el viejo Fenrir. No os comerá. Solo hay que acariciarle un poco por detrás de la oreja.

Fenrir les dedicó lo que debía de ser una sonrisa de lobo. O no. Mack cruzó el umbral de la puerta. Tragó saliva, se mordió el labio, frunció el ceño y, con cautela, dio unas palmaditas en el lomo del lobo.

—Venid, quiero que escuchéis esto —dijo el gigante—. Quiero que me deis vuestra modesta opinión. No tengáis miedo: lo de Mjolnir ya lo he dejado de hacer.

Siguieron al gigante y al lobo por la puerta, que se cerró de un portazo detrás de ellos.

La habitación no era del todo lo que ellos se habían esperado teniendo en cuenta el aspecto de la puerta. Era grande; como tenía que ser. Las paredes estaban formadas por unos troncos de árbol enormes unidos con yeso. Había unos tapices antiguos, descoloridos y sucios en los que se representaban escenas de batallas antiguas. Pero parecía como si en esas paredes antes hubieran habido muchos más tapices colgados. Y Mack pudo observar claramente el lugar donde en su día había relucido una lámpara de araña.

La habitación también tenía otros elementos más modernos. Se notaba porque eran de IKEA.

Eran muebles normales de IKEA, pero habían juntado aproximadamente una docena de mesas para formar una mesa grande pero baja, en la que esta enorme criatura de ninguna de las maneras podía sentarse o comer.

Sin embargo, en la mesa había comida: media docena de botellas de dos litros de un refresco desconocido y varios paquetes de galletas abiertos. También había un jarrón de flores convertido en cenicero.

A un extremo de la habitación había un escenario, y en ese escenario había dos altavoces enormes. Inhumanamente enormes. Como los de Metallica.

—¿Qué es un Mjolnir? —susurró Mack.

Dietmar se había puesto incluso más pálido de lo que solía estar.

—¿Mjolnir? ¿No conoces a Mjolnir? Es el martillo de Thor.

Veintiséis

DE VUELTA A HACE MUCHOS AÑOS...

Hierro Nueve no estaba seguro de cómo se imaginaba a la reina Pálida. Probablemente como a una reina. Como la reina Victoria, a la que los ingleses admiraban mucho por no habérselo pasado bien nunca.

—Bien, dime —dijo Hierro Nueve a la espalda de Risky mientras andaban de nuevo por otro túnel—. ¿Cómo es tu madre?

En ese momento estaba pensando que la reina Pálida quizás algún día se convertiría en su suegra.

Pobrecillo.

—Bueno, es muy simpática; le gusta hacer ganchillo y poner flores en los jarrones y dar largos paseos por la playa.

—¿De verdad?

—Pues claro que no, idiota. Es la Madre de Todos los Monstruos. ¿Y se supone que tú eres un asesino? Menos mal que no andamos buscando a un genio del crimen. ¿No te das cuenta de que estás dentro de la reina Pálida?

—¿Dentro?

—Estos tubos forman parte de ella. Por toda esta serie de tubos —a los que llamamos la intrared— nacen sus criaturas. Los tubos estaban conectados con el mundo exterior y con todo el Ultramundo. Pero la maldición de los tres mil años cerró todas las conexiones con el mundo exterior. Ahora mismo hay demasiadas cosas fuera de su alcance, fuera del marco.

Solo para continuar con la conversación y defenderse de su propio nerviosismo, Hierro Nueve dijo:

—¿Qué quieres decir con «fuera del marco»?

Risky se detuvo. Se giró hacia él. Los dos se quedaron quietos.

—Quizás seas más listo de lo que pareces. Al fin y al cabo deberías serlo, ¿no?

Hierro Nueve se puso rojo y dijo:

—¿Sí?

—Supón que tienes una imagen, ¿vale? Una fotografía, un cuadro... La pones en un marco. Te quedas mirando la imagen tanto rato, que es como si te cayeras dentro. Se convierte en el mundo que conoces. De tanto mirarla podrías acabar olvidándote de que hay algo más allá, un exterior. Pero, ¿sabes qué, Trucha Paddy «Hierro Nueve» del condado de Grind?

Le cogió del cuello y le dio una pequeña bofetada.

Cualquier otra persona que le hubiera hecho esto a Hierro Nueve habría vivido muy poco como para arrepentirse de haberlo hecho. Ni al matón más grande, más temible, más lleno de cicatrices, más ceñudo, más malo y más desviado le habría dejado cogerle del cuello ni que le asestara una pequeña bofetada. Porque a Hierro Nueve no le daban miedo los tipos así.

Pero esta jovencita pelirroja tenía algo que le decía que era mejor que se quedara allí de pie y que aguantara todo lo que ella le hiciera.

Paddy nunca había tenido a nadie cerca de él de la forma en que tuvo a Risky. Ella no le tenía nada de miedo. Para ella podría haber sido una mosca, en lugar de un temido miembro de la Nafia.

Además, la bofetada le gustó bastante.

En ese momento, la belleza, la osadía y, por supuesto, la simple malicia que parecía emanar de la mente de Risky como si fuera un perfume tóxico enamoraron a Paddy.

En ese instante, Paddy supo que nunca se casaría con ninguna otra mujer. ¿Dónde iba a encontrar a otra mujer tan despiadada, tan fría y tan malvada como Risky? También se dio cuenta de que nunca podría expresarle su amor. Porque si lo hacía, le mataría.

Oh, sí, no cabía duda.

En un abrir y cerrar de ojos.

Así que tendría que enterrar su enamoramiento en lo más hondo de su interior.

Risky se le acercó.

—Fuera de este marco, Paddy, se avecina una muy gorda. Ven. Te enseñaré una cosa.

Se movió más rápido, como empujada por un nuevo objetivo, con emoción y ansias.

—Sí, definitivamente te voy a enseñar algo —dijo, y se rio con esa encantadora risa demoníaca y espeluznante de psicópata que la caracterizaba.

De repente, el túnel llegó al final.

Salieron a un altiplano, como una especie de meseta, o quizás era solo una plataforma amplia y extensa. Más allá del altiplano, la tierra se extendía hasta el infinito. Pero en el horizonte había una luz intensa, que brillaba como un arcoíris de colores, que proyectaba unas sombras salvajes en el abovedado techo que se encontraba muy, muy arriba.

Hierro Nueve tuvo la percepción de que el espacio era tan grande que imaginó que allí cabía todo el condado de Grind y que todavía habría espacio para la ciudad de Nueva York entera.

Se había esperado algo dantesco. Y no es que hubiera leído a Dante. Pero en cualquier caso, se había imaginado que se encontraría oscuridad, penumbra y quizás una lava roja e incandescente.

No se esperaba encontrar aquel increíble remolino de colores. Estaban en la oscuridad, sí, pero era una oscuridad muy colorida. Y aún así, ninguno de los colores le animaron como se supone que animan los colores.

Cuando lo vio de más cerca, empezó a entender cuál era la razón. Los colores estaban formados por millones de pequeños remolinos, como mini tornados que se unían en unas hileras de millones de huracanes de luz, que formaban todos juntos un remolino enorme.

Se estaban acercando al extremo de la meseta, y a Hierro Nueve le pareció muy raro estar sudando, porque no hacía calor. Y le pareció extraño que estuviera andando con cautela, porque no era propio de él tener miedo a lo desconocido.

Sin lugar a dudas le pareció extraño sentir los latidos de su propio corazón, que habían pasado de ser una fuente ignorada de golpes rítmicos a un animal que daba garrotazos para intentar salir de su pecho.

—No... —dijo casi sin separar los labios, que se le habían agrietado, y hablando con la lengua seca como la suela de un zapato.

—¿Sabías que la luz blanca contiene a todos los demás colores? —le preguntó Risky.

—Mmm... Mi corazón... Esto...

Con una voz melódica, Risky gritó:

—Mami, maaamiii. Traigo a una visita.

—No...

—Todas las almas proyectan su propia luz. ¿Sabías eso, Paddy? Incluso las almas más oscuras proyectan luz.

Hierro Nueve reprimió un quejido en lo más hondo de su garganta. ¿Cómo podía tener tanto miedo y estar tan enamorado? Definitivamente, le estaba ocurriendo algo raro. (Vaya, novedad).

—¿Pensabas que se llama reina Pálida solo porque no luce un buen bronceado, Paddy? No, no, no. Ella es la reina Pálida porque está compuesta por muchísimas almas perdidas de todos los colores que crean juntas una luz brillante.

Hierro Nueve quería decir algo tipo: «Es bueno saberlo, gracias por la lección, me las piro.» Pero no estaba en condiciones de decir nada porque los latidos en su pecho eran tan intensos como los del corazón de una ballena.

—Mi madre puede adoptar cualquier tipo de forma o aspecto, ya sea un gusano conquistador, una araña tan grande como un barco o una criatura con espadas y púas. Pero tú, Hierro Nueve, tú la vas a ver tal como es.

Paddy ya no podía dar ningún paso más hacia delante. Así que Risky, riéndose alegremente, le cogió del brazo y tiró de él sin piedad obligándole a cruzar el umbral. El amor y el miedo estaban en guerra dentro del pobre y confuso cerebro de Paddy.

—Ahora, alza la vista para ver a la reina Pálida —le ordenó Risky.

Hierro Nueve le hizo caso.

Y se cayó de rodillas.

A partir de ese momento, Trucha Paddy «Hierro Nueve» nunca más fue capaz de servir a nadie que no fuera la Madre de Todos los Monstruos, ni de querer a nadie que no fuera Ereskigal.

Veintisiete

Mack tardó unos segundos en interiorizar lo que Dietmar acababa de decir.

—Espera, ¿me estás diciendo que él es Thor?

Como en respuesta, el gigante barbudo saltó al escenario y enchufó su guitarra al altavoz.

—Vale, ya sé que no soy Jimmy Page ni Hendrix, pero creo que más o menos puedo hacerlo.

Hizo un gesto con la mano hacia atrás. Y, de repente, se vio un flash de luz y se oyó el sonido de un trueno.

En el escenario apareció un humano sin aspecto de divinidad y se puso detrás de la batería. Tenía la barba marrón y el pelo largo.

Pero el primer sonido provino de la guitarra de Thor. Tocó un riff compulsivo e insistente que crecía en intensidad.

De repente, apareció un bajista. Añadió su compulsión a la de Thor.

Y después entró el batería.

Tocaron durante unos treinta segundos hasta que Thor gritó:

—¡No, no, no! Así no es. ¿Por qué no me sale?

Se la quedó mirando como si aquella guitarra que tenía en sus manos no estuviera haciendo lo que él quería.

La música se detuvo. El batería se encogió de hombros.

Thor parecía sentirse avergonzado.

—Estoy en ello. Pero un momento. Tengo una canción para ti; podría decir que es mi tema.

Giró la cabeza para mirar al batería.

—«La canción del inmigrante». Un, dos, un, dos, tres y…

El batería empezó a marcar el ritmo.

Thor tocaba un riff armonioso.

Y de la nada, aparecieron tres mujeres con un físico muy impresionante y unas larguísimas trenzas rubias, y empezaron a corear con una voz extremadamente aguda: «¡Ah, ah, ah, aaah! ¡Ah, ah, ah, aaah!»

Thor cantaba:

«Venimos de la tierra del hielo y de la nieve,
con sol a medianoche y fuentes de agua caliente...»

Se estaba lanzando hacia el segundo verso de «La canción del inmigrante» cuando una puerta lejana se abrió de un portazo y un tipo viejo, que era medio metro más alto que Thor, entró pisando fuerte.

—¡Estoy intentando ver el partido!

Este segundo dios (estaba claro que lo era) parecía una versión de Thor más vieja y malhumorada. Pero no llevaba ninguna camiseta ridícula. Este dios iba vestido a medias; llevaba un escudo dorado sobre el pecho, unos brazaletes de oro alrededor de los brazos descubiertos, botas altas y una espada que le colgaba a un lado.

Pero la vestimenta no tenía mucho de impresionante. El dobladillo de la túnica estaba deshilachado, y el oro tenía pegados unos restos de comida seca.

—¡Solo estoy intentando entretener a nuestros invitados! —protestó Thor. Al levantar la mano, el resto del grupo desapareció—. ¿Recuerdas? —dijo de forma expresiva—. ¿Nuestros invitados?

—Ah, claro, por supuesto —murmuró el anciano—. Bien, bien, ya llegó el momento. No queda queso en la nevera.

—Chicos —dijo Thor—, él es Odín. O Wotan, si habláis en alemán. Odín, ellos son… —Thor dudó—. ¿Os debería presentar como Los Magníficos Doce o cómo?

Mack contestó:

—Eso sería fantástico, señor.

Meditó un momento, llamarle «señor» no parecía mostrar el respeto suficiente. Así que añadió:

—Su majestad.

—Bienvenidos —dijo Thor agitando la mano enérgicamente—, ¡a Asgard!

Después, como si se estuviera dando cuenta de qué deberían estar pensando de él, añadió:

—Deberíais haber visto el lugar en sus bueno tiempos.

Se oyó un frufrú de ropa que se arrastraba sobre la piedra. Mack vio a una tercera persona, que no se parecía en nada a Thor ni a Odín. Su aspecto era más humano, aunque era alta. Tenía la piel muy oscura, los ojos oscurísimos y un cabello negro azabache que le llegaba hasta el suelo.

Más de cerca, Mack le vio muchas estrellitas que centelleaban en las profundidades de sus ojos. El vestido ceñido al cuerpo tenía un estampado lunar, como una foto ampliada de la superficie gris y blanca de la luna.

Mack la miró y bostezó. Jarrah hizo lo mismo. También Dietmar y Stefan.

—Es Nörr, la diosa de la noche —explicó Thor sin que hiciera falta.

Nörr habló con una voz de ensueño, remota.

—Bienvenidos.

Después, como a todos les estaba costando mucho mantener los ojos abiertos, añadió:

—Vaya, qué cabeza tengo, se me había olvidado lo vulnerables que son los mortales —chasqueó los dedos—. No os durmáis.

En el móvil de Mack sonó un mensaje. Mack, Odín, Thor y Nörr se pusieron todos a buscar sus teléfonos al mismo tiempo.

—Vaya —comentó Stefan.

—¿Tenemos cobertura aquí? —preguntó Mack, incrédulo—. ¿No estamos en, en...? ¿En el país de la magia o algo así?

Nörr dio la explicación.

—Nosotros no estamos aislados; sois vosotros los que tenéis limitaciones. Los humanos ven el mundo como si miraran a través de una cerradura. Prefieren no vernos.

—Exactamente —espetó Thor—. Nadie nos ha prohibido que tengamos una BlackBerry. Mi manager necesita poder llamarme. Podría conseguirme un concierto.

—¿Dais conciertos? —preguntó Jarrah con escepticismo.

—Por toda Alemania, Dinamarca, Suecia y Noruega. No en estadios, eso no me va. Es decir, que tocamos principalmente en clubs pequeños. Me gusta que sea íntimo, por la respuesta del público. ¿Sabéis?

Se acarició la barba.

—Últimamente no me han salido muchos conciertos... Ya hace bastante tiempo, supongo.

Suspiró con una expresión un poco triste.

Después Thor dio unas palmadas y dijo:

—¡Ey! ¿Tenéis sed, chicos? ¿Os apetece una jarra de cerveza?

Mack dejó que Jarrah rechazara la oferta.

Xiao dedicó una mirada expresiva a Mack y le susurró algo a Nörr al oído.

Mack leyó el mensaje:

> No te preocupes, Mack; mamá dice que comprará otro ordenador porque lo necesito para el colegio. La próxima vez: ¡nada de bromas!

Mack suspiró profundamente. Le encantaba ese ordenador. Probablemente había perdido todos los archivos. Todos los juegos. Aunque ninguno de ellos, pensó esbozando una sonrisita, era tan chulo como estar con los dioses de Asgard. A pesar de que el lugar fuera un desastre.

Xiao se apartó de Nörr y volvió al lado de Mack. Sin dejar de sonreír, Xiao susurró: «Nos están engañando».

Antes de que pudiera preguntarle de qué le estaba hablando, Thor se lanzó a tocar un solo ensordecedor. Así que lo siguiente que dijo Xiao se lo gritó al oído.

—¡NÖRR DICE QUE TODO ES UNA TRAMPA!

—¿QUÉ?

—¡QUE NOS VAN A ENTREGAR A LA REINA PÁLIDA!

Odín se había ido, murmurando algo sobre la música. Thor rugía a la guitarra. Nörr evitaba, precavida, cruzar la mirada con el resto.

—¿POR QUÉ?

—NO LO SÉ.

¿Sabes cuando estás en una fiesta y la música está realmente tan alta que tienes que gritar para que te oigan? ¿Y luego de golpe la música se para y tú sigues gritando?

El solo de Thor terminó abruptamente en la palabra «NO». Lo que dejó a Xiao gritando «LO SÉ».

El gigantesco dios rubio se sacó la guitarra del cuello y la dejó a un lado.

—¿Qué es lo que sabes? —preguntó Thor, mirando de reojo a Nörr.

—¡Uf! Tantas cosas... —dijo Mack—. Pero también hay cosas que no sé como... como... bueno... Por ejemplo, ¿dónde está el baño?

Los ojos de Thor se llenaron de sospecha. Lanzó una mirada desconfiada a Nörr.

—Por aquí no somos tan formales. Allí hay una jarra.

Mack vio un jarrón de flores que recordó tener también en su propia casa. Definitivamente, era de IKEA.

—No, tengo lo otro —dijo Mack.

—Ah.

—De hecho, todos tenemos lo otro.

Jarrah, Dietmar y Stefan se quedaron mirando a Mack.

Fenrir se acercó lentamente hacia ellos. Lo primero que notaron fue su respiración lobuna.

—Así es —dijo Mack con arrogancia—. Todos tenemos que ir al baño.

Intentó esbozar una sonrisa.

—Tanto viaje. Ya se sabe.

—Yo les indicaré por donde ir —se ofreció voluntaria Nörr.

Después se hizo una larga pausa durante la cual Thor miró con nerviosismo hacia la puerta por la que se había ido Odín. Se relamió los gigantescos labios con incertidumbre. Luego se encogió de hombros.

—Si tenéis que ir, tenéis que ir.

—Por aquí —dijo Nörr.

—No tardéis —dijo Thor, sin rastro alguno de la sincera amabilidad que había mostrado hasta el momento—. Fenrir os echará de menos.

Veintiocho

Nörr les llevó por un pasillo en el que podría haberse preparado para el despegue un Boeing 747. Allí también había marcas donde en su día hubo tapices colgados, y otras manchas más oscuras en el suelo sugerían que allí hubo muebles.

Mack se sentía algo más aliviado. Por fin sabía donde estaba la trampa. Grimluk debía de sospechar que la reina Pálida intentaría controlar a Odín y a los suyos. El baño era interesante. Mack no sabía exactamente qué esperar, pero no se esperaba aquel mostrador de granito gris con dos gigantescos agujeros ovalados.

El mostrador se encontraba a la altura de los dioses, así que era apropiado para una persona que midiera unos cuatro metros, pero no para la gente que midiera menos de dos.

Mack se puso en pie para comprobar que bajo los agujeros no había un cuenco, ni una tubería, ni siquiera un agujero en el suelo.

—Eso son nubes —dijo Jarrah—. Bueno, la altura es importante e imponente.

Los agujeros ovalados daban directamente a la parte superior de unas esponjosas nubes blancas.

—Estamos encima del mar —dijo Nörr un poco a la defensiva.

—Espero que algún pobre pescador tenga la mala suerte de que le caigamos encima —dijo Jarrah—. Un regalito de los dioses.

Xiao era la única que parecía realmente enfadada.

—Me parece insultante —le dijo a Nörr—. Un gran poder conlleva una gran responsabilidad.

Nörr hizo una mueca con los labios.

—¿Esa frase la dijo eso tu querido Confucio?

—Fue el padre de Spiderman —dijo Stefan.

—Fue su tío —dijo Jarrah—. El tío Ben.

—Ya.

—Creo que Sócrates también dijo algo así —se defendió Xiao—. He hecho una traducción un poco libre.

—No, fue el tío Ben —insistió Jarrah.

—La idea —dijo Xiao, entre dientes— es que aunque seas un dios o un dragón o cualquier otro tipo de ser poderoso, eso no te da derecho a pedirnos que salgamos por…

—Basta —interrumpió Nörr—. Os lo consiento solo por el afecto que le tengo a Shen Long. Y porque sé que tenéis que derrotar a la Madre de Todos los Monstruos. Pero no dejaré que unos mortales me den lecciones. Ni tampoco un dragón.

—Te estamos muy agradecidos por tu ayuda —interrumpió Mack con gentileza—. ¿Pero qué quieres decir? ¿Nos ayudarás a derrotar a la reina Pálida?

—¿Por qué crees que Grimluk os mandó a Externsteine? —preguntó Nörr.

—Para que me encontraran a mí, claro —dijo Dietmar.

—Quizás, en parte —dijo Nörr—. Pero también para que os dé esto.

Alzó un disco de piedra, más pequeño que un DVD, pero un poco más pesado. Estaba todo recubierto de grabados con volutas. Mack lo cogió.

—Gracias —dijo, mientras lo miraba con atención—. ¿Qué es?

—Es una llave. La antigua llave de los MacGuffins. Debéis llevarlo a la tumba de William Blisterthöng MacGuffin. Tendréis que encontrar el disco con el que encaja.

—¿Perdona? ¿Una tumba? —dijo Mack.

—Lleva muerto mil años. Incluso en Escocia entierran a sus muertos.

—¿Y exactamente por qué tengo que desenterrar a un muerto?

—Porque cuando encajes este disco dentro del disco exterior, te revelará muchas de las grandes palabras poderosas del Vargran. ¡El Vargran que necesitas para derrotar a la reina Pálida!

—Lo siento, no he retenido nada desde que has dicho que tenemos que desenterrar al tipo ese que está muerto —dijo Mack.

—Yo lo he pillado —dijo Xiao.

—Sí, bueno, yo también —espetó Jarrah.

—Ya —dijo Stefan.

—A ver, lo que yo entiendo es que no deberíamos quedarnos mucho rato más en el baño —dijo Mack—. Thor va a sospechar.

—Thor es un idiota —dijo Nörr—. Pero Fenrir vendrá a investigar. Tenemos que darnos prisa. Si podemos llegar al observatorio, podréis salir con vida. El observatorio es desde donde el Todopoderoso Odín observa lo que pasa en el mundo de los humanos. Sobre todo, deportes. El fútbol y las Olimpiadas. Es por eso que seguimos usando la puerta trasera de Externsteine: Odín es un gran fan del Arminia Bielefeld y le gusta asistir a los partidos en persona, pero disfrazado.

En respuesta a la mirada interrogativa de Mack, Dietmar dijo:

—Es el equipo local de fútbol. O balompié, si prefieres.

—¿Por qué quería entregarnos Thor? Parecía un tipo majo —protestó Mack.

El comentario hizo que Nörr soltase una carcajada. Y eso que no parecía una diosa muy risueña.

—¿Thor? ¿Un buen tipo? —dijo Nörr—. Sin duda Odín parece un viejo hastiado. Pero, para que lo sepáis, jovenzuelos, en los años de Maricastaña, los vikingos solían asaltar pueblos con sus barcos. Llegaban a la primera luz del día, invadían los pueblecitos por sorpresa y pillaban a la gente en la cama. A la gente del pueblo les debían parecer demonios. Llevaban a cabo todas las atrocidades que os podáis imaginar. Y los gritos de Wotan y de Thor estaban en boca de los *berserkers*.

—¿«*Berserkers*»? —preguntó Stefan. Le gustaba como sonaba.

—El estado *berserker* —dijo Nörr molesta—. Se trata de un tipo de locura que posee a los guerreros, una locura transmitida por el Todopoderoso Odín. Una locura tan salvaje, tan feroz, tan audaz, tan rabiosa que no había oponente que pudiera hacerles frente; incluso sus amigos se mantenían alejados de ellos por miedo de que les mataran atrozmente en mitad del trance.

—Vaya —dijo Stefan—. Mola.

—¿Pero por qué iba a traicionarnos? —preguntó Mack.

—¿No os habéis fijado en lo deslucido y decadente que está Asgard? —preguntó Nörr—. Hemos caído en el olvido de aquellos que nos veneraban. Nuestra economía está por los suelos. En su día, los hombres nos hacía ofrendas; nos daban comida, armas y oro. Ahora nos tenemos que rebajar y vender nuestros tapices y muebles en el mercadillo de segunda mano de Gammel Strand de Copenhague.

—¿Así que si nos entregáis os pagarán dinero? —preguntó Jarrah.

—La reina Pálida es muy rica —explicó Nörr—. Ella nunca creyó en las ofrendas como ingresos. En lugar de eso, se dedicaba al pillaje y después invertía sabiamente. Invertía en empresas de telefonía móvil, en aerolíneas y en seguros de salud privados; en todo lo malo. Y, cómo no, también posee varios bancos. Mientras que nosotros… Bueno, el Todopoderoso Odín nunca fue muy buen gestor. Así que nuestro oro se gastó en cerveza y salchichas, y vendió nuestras antigüedades. Todo lo que nos queda ahora son unas acciones minoritarias en Lego —suspiró Nörr—. Y las compras tenemos que limitarlas a las ofertas de Aldi.

—Una cadena que solo ofrece productos con descuento —explicó Dietmar.

—Ah, como el Costco en Estados Unidos —convino Mack.

Mack entreabrió la puerta y echó un vistazo al pasillo por la ranura.

—Vía libre, creo.

—Entonces, vayámonos ya —dijo Nörr.

—«Nor» me digas —contestó Xiao.

Stefan se rio y le dio una plamada en la espalda, a lo que Xiao respondió poniendo los ojos en blanco.

Nörr les guió por el pasillo. Ella se deslizaba. El resto corría tras ella tan rápido como podía.

Mack vio un resplandor de color azul verdoso más adelante. El observatorio. Un lugar que para él era un misterio.

—Supongo que los dioses lo teníais mucho mejor antaño —dijo Mack en voz baja, en un intento de decir algo educado que suavizara el ambiente después de la discusión entre Xiao y Nörr.

—Sí —dijo la atronadora voz de Thor—. Antaño era bastante mejor.

Entró en escena, bajo el arco del extremo del pasillo. Todavía llevaba la guitarra, pero se había quitado la camiseta y los pantalones de chándal. Ahora llevaba unas botas altas de piel, unos leggings extraños de piel de ciervo, una túnica deshilachada de un color naranja rojizo que le llegaba a la altura de las rodillas y algo parecido a un pelaje sarnoso y enorme de oso sobre los hombros.

No llevaba casco ni cuernos.

Lo que sí llevaba, sin embrago, era un cinturón realmente impresionante del que colgaba una espada totalmente espantosa.

Nörr dijo:

—Deja que se vayan, Thor. Los tiempos pasados, pasados están. No puedes pretender que vuelvan, ni siquiera con el dinero de la reina Pálida.

Los ojos azules y fríos de Thor se la quedaron mirando con desdén.

—Hace tres mil años cogieron a la reina Pálida y la encerraron. Entonces, seguíamos teniendo poder, Nörr. Pero año tras año disminuía. Al principio disminuyó solo un poco. Pero poco a poco… Y ahora mírame. ¡Contempla con pena y menosprecio lo que en su día fue el dios del trueno!

—Tío —dijo Mack—, pero si nadie te desprecia. Todavía sigues siendo el verdadero Thor.

—Pues sí —dijo Jarrah—. Eres Thor por excelencia.

Pero Dietmar dijo:

—Lo de que exista un dios dedicado a los truenos siempre me ha parecido una soberana estupidez.

—Qué va… —dijo Mack, en un intento de llamar la atención de Dietmar y hacer que le siguiera la corriente—. Creo que todo el mundo debería tener un dios del trueno.

Pero Dietmar no lo estaba pillando. Se llevó las manos a la cintura, desafiante.

—Deberías avergonzarte de tu comportamiento, presunto dios del trueno, por amenazarnos de este modo.

—No, no —dijo Mack para cortarle—. Pero si esas botas altas, la espada y todo lo que lleva es muy chulo.

—No. Es solo un abusón gigante —insistió Dietmar.

—Con especial énfasis en «gigante» —puntualizó Jarrah—. Así que quizás deberíamos ser un poco más educados, ¿no crees, colega?

—No digáis tonterías. Nos aplastaría como a insectos, pero esa no es razón para que le halaguemos.

—De hecho… —empezó a decir Mack.

Pero se detuvo al empezar a sentir una respiración fuerte que apestaba a carne y provenía de sus espaldas. Se giró lentamente, y allí estaba Fenrir, sonriendo con su sonrisa de lobo.

—Tranquilo, Fenrir, tranquilo —dijo Thor—. Hel los va a querer vivos. Ya sabes que le gusta la carne fresca.

Mack estaba ocupado calculando la distancia que había hasta la luz verde del observatorio que se encontraba detrás de Thor. Tenía que sortear unos cien metros y a un enorme dios del trueno.

Más un lobo gigante.

—¿Queríais llegar al observatorio? —dijo Thor, sonriendo burlonamente—. Pues venga, adelante. Ya no soy tan rápido como cuando luchaba a diario en el campo de batalla. Corred hacia él.

Mack no tenía fobia a los dioses gigantes. Y tenía bastante experiencia con los abusones. Pero la situación no era la misma que cuando intentaba pensar y correr más rápido que Stefan.

—¿A alguno de vosotros se os ocurre algo? —susurró Mack.

Xiao dijo:

—Los hechizos en Vargran no funcionan con los dioses. Solo indirectamente. Si tienes un hechizo con el que convertirte en uno de ellos, y el hechizo para darte a ti mismo un gran arpón mágico... —Xiao se sonrojó—. Siento no poder ser de más ayuda.

—No podemos dejar que nos maltraten —añadió Dietmar decidido.

—Eso es aún de menos ayuda —dijo Mack.

Respiró profundamente. Se le ocurrió una idea. Se giró para ponerse cara a cara con Fenrir. El lobo era tan grande como un elefante.

—Oye, Fenrir, ¿eres uno de esos lobos a los que les gusta vestirse de mujer y hacerse pasar por abuelita? —le preguntó Mack al lobo más grande del mundo.

Los ojos amarillos del lobo se estrecharon.

—Lo que quiero decir es que es increíble lo cutres que sois los lobos —prosiguió Mack—. A uno le ganó Caperucita Roja y a otro se lo cargaron los Tres Cerditos.

—Mentiras —dijo Thor—. Mitos.

—Tío, tú eres un mito —dijo Mack, girándose hacia él—. Y qué desilusión. Se suponía que eras un tipo duro y muy peligroso, pero en lugar de eso eres como un aspirante a personaje del Guitar Hero.

Después, de nuevo dirigiéndose a Fenrir:

—Y lo que todavía es más patético es tu gran perro.

A Fenrir se le escapó un gruñido parecido al que hace un motor de avión al tragarse una oca.

—¡No le llames perro! —gritó Thor. La preocupación que mostraba en la voz era genuina; Mack estaba seguro. Porque estaba alzando las manos para indicarle que se calmara.

Sí, ya lo tenía: el punto de inflexión, lo que realmente podía hacer enfurecer al lobo.

—¿Puedes hacernos algún truco? ¿Puedes hacer alguna voltereta? ¿Das la patita? ¿Puedes hacerte el muerto?

Y con un leve susurro, les dijo a sus amigos:

—Cuando salte, pasad por debajo de las piernazas de Thor.

El gruñido aumentó en intensidad, el pelaje del lomo de Fenrir se levantó, y parecía que había aumentado de tamaño. Pero Fenrir no atacó todavía.

—Un amigo mío tiene un perro como tú —dijo Mack—. ¿Y sabes qué? Se come su propia caca.

El salto de Fenrir fue tan repentino y enérgico que casi cogió a Mack.

Ver algo tan grande moviéndose con una velocidad tan increíble le impresionó.

Mack salió disparado. Jarrah, Xiao y Dietmar reaccionaron casi tan rápido como él. Pero, sinceramente, nadie podía ganar a Mack si se trataba de escapar de abusones. Y Stefan no tenía ninguna experiencia escapando.

Así que lo que pasó fue lo siguiente: Mack saltó hacia el hueco que quedaba entre las piernas de Thor. Franqueó el obstáculo y estaba aterrizando en el pasillo encerado de piedra a más o menos la velocidad del sonido cuando se dio cuenta de que Xiao, Jarrah y Dietmar habían chocado entre ellos al intentar pasar bajo las piernas de Thor.

Stefan seguía todavía en pie. Se le daba fatal lo de huir aterrorizado.

Y Fenrir estaba volando por el aire.

Así que Mack gritó:

—¡Cuidado!

Stefan se agachó bajo la tripita peluda de Fenrir; el lobo voló sobre él y se chocó contra su amo, que le estaba gritando con una voz de dios asustado:

—¡Fenrir, tranquilo! ¡Tranquilo, chico!

El lobo, el dios, los tres niños (bueno, dos niños y un dragón con forma de niña) se enredaron entre ellos y se convirtieron en una gran bola de piel de ciervo, pelo, espada y extremidades enredadas.

Jarrah fue la primera en recomponerse. Tiró a Dietmar del pie y lo lanzó hacia donde estaba Mack. Stefan saltó encima de Fenrir, rebotó sobre su espalda, evitó que Thor, aún tumbado, le agarrara, y aterrizó (con una amplia sonrisa) junto al resto en el lado seguro.

Solo Xiao seguía atrapada. Estaba como aplastada bajo uno de los hombros de Fenrir.

El instinto de Mack le pedía seguir corriendo. Pero en ese horroroso momento se dio cuenta de una cosa realmente espantosa: eran Los Magníficos Doce. Y no Los Magníficos Once. O Diez. Ni ningún número menor.

Eran igual que los Tres Mosqueteros, pero en su caso serían los Doce Mosqueteros. Así que en lugar de ser el uno-para-todos-y-todos-para-uno por tres, sería uno-para-todos-y-todos-para-uno por doce; lo que significaba que no podían perder a nadie. Ni a Xiao, ni a

Jarrah, ni a Dietmar. Ni siquiera al traidor de Valin. Y conseguir todo eso iba a ser realmente difícil.

También se dio cuenta de otra cosa. Él era uno de los Doce y por eso también era imprescindible. Stefan, en cambio...

—¡Stefan! ¡Ve a por Xiao! —gritó Mack.

Stefan salió disparado como un atleta y corrió de nuevo directo a la maraña de dios y lobo.

Stefan no cogió la mano de Xiao que sobresalía. En lugar de eso empuñó la espada de Thor.

Tiró. Y tiró. Tensó sus músculos.

Thor medía cuatro metros de altura. Y su espada medía unos dos metros —más que el propio Stefan— y no estaba fabricada de ningún polímero ligero de la era espacial. Estaba hecha a la antigua con acero, oro, metal y otros materiales pesados. Stefan estaba equivocado. No tenía la fuerza de un dios. Podía tirar de la espada pero, más allá de eso, lo único que podía hacer era arrastrarla por el suelo.

—Vaya —comentó Stefan.

Afortunadamente, Jarrah tenía algo más inteligente que decir. Dijo: «Esk-ma belast!».

Y Stefan empezó a crecer.

Veintinueve

Stefan empezó a crecer. Pero no ocurrió muy rápido. Lo que ocurrió rápido fue que Fenrir y Thor se desenredaron el uno del otro.

Xiao se escabulló por debajo de ellos sin que se dieran cuenta. Stefan, mientras tiraba con fuerza de la espada de Thor, se convirtió en el centro de atención.

Stefan iba arrastrando la espada. Rayaba el suelo con la punta.

Thor alzó la cabeza hacia atrás y se puso a reír.

—¿Te crees que vas a blandir la espada de Thor? Lo tienes crudo, chiquitín.

Stefan se estaba acercando a los dos metros. Así que ahora era casi tan grande como la espada. Pero todavía le quedaba un buen trecho hasta que pudiera hacer el ninja con ella.

Thor agarró el cuello de Stefan con sus enormes manos.

—¡Espera! —gritó Mack—. ¡Espera! Yo pensaba que te gustaba luchar. Pensaba que así era como se hacía en Asgard.

Thor miró a Stefan: los pies le colgaban sobre el suelo con la espada todavía a rastras.

—¿Luchar? ¿Con este niño?

Thor se volvió a reír, y esta vez Fenrir se unió a la risa. Imaginarse a un lobo riendo es un poco raro. Como es normal. Lo que Fenrir hizo fue una especie de resoplido, un sonido respiratorio que podría haber sido una risa, pero también podría haber sido asma.

—¡Mira! ¡Está creciendo! —dijo Mack—. Si no le matas, se hará lo suficientemente grande como para ganarte.

Thor miró a Stefan. Lo sopesó con la mano y asintió pensativamente. No cabía duda, Stefan estaba creciendo. Para comprobarlo, Stefan elevó la espada del suelo y la balanceó débilmente.

—Luchar —dijo Thor, saboreando la palabra como un niño pequeño saborea la palabra «caramelo» o un padre la palabra «dormir».

Nörr habló.

—¿Le gustaría al dios del trueno mostrarse como un cobarde delante de Hel?

—¿Es que está aquí? —preguntó Thor con nerviosismo.

—Todavía no —dijo Nörr—. Pero igual que Fenrir no es tu perro, tú no eres suyo. ¿O sí?

—No me provoques —le espetó Thor. Bajó a Stefan. De hecho, Stefan casi había bajado por sí solo porque había seguido creciendo. Ahora parecía un jugador de la NBA. Y a diferencia de los lepercons, la musculatura de Stefan parecía crecer de forma proporcionada.

Stefan dio un par de pasos hacia atrás tambaleándose. Había conseguido alzar la espada, y apuntaba con ella al corazón de Thor.

Thor se rio.

—Pero si yo no tengo armas —dijo Thor—. Solo mi guitarra.

Mientras Mack y el resto miraban la escena con impotencia, la enorme guitarra de Thor empezó a cambiar de forma. Las cuerdas se convirtieron en humo y se evaporaron. El mástil se encogió y se hizo más grueso. El cuerpo perdió su lustro brillante y se volvió de color gris piedra apagado. Parecía un martillo de dos cabezas.

—Toda guitarra debe tener su nombre —dijo Thor—. ¿Sabes cómo se llama mi guitarra?

Mack negó con la cabeza.

Pero Dietmar asintió; se lo imaginó.

—Mjolnir —susurró Dietmar.

—¡MJOLNIR! —rugió Thor.

Agarró el hacha de piedra por el mango corto y se rio como el loco dios guerrero vikingo que era.

—¡Mjolnir! ¡El martillo de THOOOR!

Para añadir más dramatismo al momento, lo alzó por encima de la cabeza. Emitió un fogonazo de luz de doce rayos y chamuscó los tapices que quedaban colgados y el pelaje de Fenrir.

—¡Huid, humanos! ¡Huid de la cólera del poderoso Thor!

Stefan respondió:

—No.

Stefan (que ahora era solo unos pocos centímetros más bajo que Thor, y era muy capaz de levantar la espada) corrió hacia Thor apuntándole con la espada como si fuera una lanza.

Mjolnir y la espada chocaron, y Thor se sacó de encima el arma de su adversario con destreza. Por algo se había convertido en el dios del trueno.

Pero Stefan se había convertido en el Rey de Todos Abusones por algo, y no por ser un blandengue, precisamente. Stefan tomó impulso y dio un giro de 360 grados. Con la espada baja y en horizontal, apuntó hacia las piernas de Thor. La espada le tocó. Cortó los leggings de Thor. Pero solo eso.

Stefan retiró la espada. En la hoja había sangre.

Después hubo una pausa que se hizo eterna, mientras Thor miraba la sangre. Fenrir también se quedó mirándola. Y el resto también.

Thor empezó a respirar con dificultad. El rostro se le puso rojo. Los ojos se le hincharon. Las venas y los tendones del grueso cuello le sobresalían todas. Empuñó el martillo con tanta fuerza que se oyó como si se le rompiera algún hueso, pero quizás fue el mismísimo suelo.

—¡*Berserker*! —gritó Nörr—. ¡Corred! ¡Huid ya! ¡Está entrando en el estado de *berserker*!

Thor cogió a Mjolnir, gritó algo incoherente, y lo tiró con toda la fuerza que pudo contra Stefan. Afortunadamente, Stefan no se había convertido en uno de esos hombres musculosos, lentos y patosos. Stefan fue tan rápido como una serpiente. Se arqueó hacia atrás, y el enorme martillo le pasó volando por encima del pecho; tan cerca que le desgarró la camiseta.

El viento que provocó el martillo al pasar casi tira a Mack al suelo. Los tapices se agitaron como cuando la colada está tendida en una cuerda y sopla un vendaval. La túnica de Nörr alzó el vuelo. El pelo de Fenrir se erizó.

Mjolnir cruzó todo el pasillo volando. Impactó contra una pared lejana (¡crash!) con un sonido parecido al de un accidente en cadena en la autopista. Y después, increíblemente, regresó volando a la mano que Thor tenía alzada en el aire.

—Vaya —dijo Stefan—. Qué pasada.

Stefan agarró su camiseta rota, se la arrancó y la tiró a un lado. Ahora medía unos tres metros, se había convertido en un gigante con una musculatura reluciente.

—Oh, sí, perfecto —dijo Jarrah con admiración. Y después añadió:— Me refiero a que ahora ya es lo suficientemente grande como para luchar.

—Los músculos no son tan importantes —musitó Dietmar con los labios medio cerrados.

Thor no se quedó esperando a que Stefan creciera más. Dio un berrido que (literalmente) hizo temblar las paredes y saltó sobre Stefan.

Stefan blandió la espada. Thor se agachó. Los dos se esquivaron.

Giraron el uno alrededor del otro, dando vueltas hacia atrás cara a cara, y Stefan alzó la espada bien alto y la llevó abajo con fuerza. Iba a darle al cráneo de Thor, pero falló, aunque le cortó unos centímetros de pelo. El ataque hizo que Thor perdiera el equilibrio y no pudo empuñar su martillo, pero a pesar de estar cayendo, consiguió dar un golpe. Con la bota, le dio tal patada a Stefan en el pecho que lo hizo salir volando.

—¡Stefan! —gritó Jarrah.

Stefan resbaló de espaldas por el suelo hasta la otra punta del pasillo. La piel de su espalda al resbalar hizo un sonido como el de los limpiaparabrisas.

—¡AAAH! —gritó Thor con aires triunfales.

Cabe decir que ambos, tanto Thor como Stefan, parecían estar pasándoselo en grande.

Pero cuando Stefan se levantó, todavía había crecido unos centímetros más. Se golpeó con la cabeza en el techo abovedado.

Frunció el ceño, cogió una de las lámparas de araña y de allí sacó algo que parecía una tela de color azul oscuro.

—¿Alguien quiere esto?

—¡Mi bufanda! —dijo Nörr—. Así que ahí es donde estaba.

Stefan tuvo que bajar la cabeza para pasar por debajo de la lámpara y poder volver a la lucha.

—Se está haciendo demasiado grande —dijo Mack.

—Lo sé. ¿Cómo se dice en Vargran «para de crecer»?

—¿Y yo qué sé?

Notó el disco de Nörr en el bolsillo. Se suponía que si lo encajaba en su sitio, podría desbloquear el poder de las palabras del Vargran. ¿Por qué un disco de piedra? ¿No podía esta gente entender el concepto de archivo informático?

—Yo no sé cómo se dice «parar». Solo sé «más grande» y «más pequeño».

Thor atacó con un rugido. Stefan ahora blandía la espada como si fuera un juguete. La agitaba trazando círculos de acero. Thor dejó de atacar. Llevó a Mjolnir hacia atrás; esta vez no podía fallar. Básicamente porque Stefan ocupaba el pasillo entero.

—¡*Esk-ma pateet*! —gritó Jarrah.

Mjolnir salió volando.

Una criatura serpenteante de un brillante color dorado y turquesa cogió el martillo al vuelo. Mjolnir pasó por al lado de Stefan sin dañarle, pero arrastró a Xiao hasta la pared, con la que chocó haciendo un ruido terrible.

—¡Ey! —gritó Stefan—. ¡Prometí que volverías sana y salva!

Cargó contra Thor —que seguía esperando a que Mjolnir regresara— y le clavó la espada.

Le clavó la espada en un costado y lo abrió en canal como a una trucha destripada... Bueno, en realidad, se la habría clavado en el costado y lo habría abierto en canal como a una trucha si no hubiera sido porque Stefan estaba encogiendo. Y estaba encogiendo incluso más rápido de lo que había crecido. Así que en lugar de un movimiento para abrir a la trucha en canal, realizó un leve apuñalamiento en el muslo.

La sangre salió como un aspersor. Como una manguera de bomberos porque un *berserker* no sería nada si no tuviera la presión sanguínea alta.

—¡AAARG! —gritó Thor.

—Toma ya —dijo Stefan. Pero el grito triunfante no sonó muy real, porque le salió una voz de ardillita, ya que se estaba encogiendo como un jersey de cachemir en agua caliente.

Thor estaba gritando y saltaba del dolor, sujetándose la herida del muslo. Que estuviera distraído era bueno, porque ahora Stefan había alcanzado el tamaño de un hobbit, y la escena esa en que el hobbit apuñala el pie del rey de los Nazgûl está bien en un libro o en una película, pero esto era la vida real.

—¡Haz que vuelva a crecer! —gritó Mack.

—¡Los hechizos no se pueden repetir hasta que hayan pasado veinticuatro horas desde que los usaste por última vez!

—Vaya —dijo Stefan con una adorable vocecita.

—Plan B: ¡Correeed! —gritó Mack.

Xiao se había recuperado. Bajó en picado, cogió al pequeñín de Stefan y todos pasaron corriendo por al lado de Thor, que se comportaba como un bebé gigante que lloraba por la herida del muslo.

Mack, Jarrah y Dietmar corrieron tras Xiao. Nörr fue tras ellos, y les hizo de escudo para protegerles de cualquier cosa que Thor pudiera hacer.

El observatorio estaba justo delante. Pero Mack no estaba seguro de lo que les aguardaba allí.

Treinta

NO HACE MUCHO TIEMPO...

Trucha Paddy «Hierro Nueve» se hizo mayor sirviendo a la Nafia y a la reina Pálida. El mundo a su alrededor cambió, fue de mal en peor. Después volvió a ponerse mal. Y luego peor otra vez.

Pasó por guerras, plagas y tiempos muy duros. Sobrevivió a todo. Incluso pudo soportar que cancelaran *Operación Triunfo*.

Tras una vida muy, muy larga, sus padres murieron.

Primero su padre, que bebió hasta la muerte. Pero no, no era whisky lo que bebió, sino leche de cerda en agosto. Nunca hay que beber leche de cerda en agosto. ¡Puaj! No hace falta contar por qué, simplemente no hay que hacerlo.

Posteriormente, a la edad de 121 años, la madre de Paddy murió por problemas de vejiga.

La madre Trucha se estaba haciendo un poco mayor, y las cosas se le empezaban a olvidar. Había cocinado vejiga rellena de avena miles de veces. Pero esta vez —a saber lo que debía haber distraído a la pobre mujer—, se olvidó de agujerear la vejiga. Con el calor del asador, la vejiga se hinchó e hinchó, y se hizo grande y más grande, y como el vapor de avena no tenía ningún agujero por el que salir, la vejiga explotó. La chimenea voló en mil pedazos, y mató a la madre Trucha al instante.

Paddy fue a su funeral.

Bueno, en realidad iba de camino al condado de Toyle a matar a un tipo y se acordó de su hermano Liam. Pensó que, bien mirado, podría matar dos pájaros de un tiro.

Pero cuando llegó a su antigua casa, vio los terribles daños que había sufrido, y en el fondo de su corazón supo que no podría matar a Liam. Porque con la casa destrozada, la granja no valdría nada. La última cosa que Paddy quería era heredar una granja que no valía nada. Así que pensó que era mejor que Liam se pasara el resto de su miserable y pobre vida en una granja de mala muerte. Así que, al final, Paddy llegó el día del funeral de la madre Trucha por mera coincidencia.

Fue un acto solemne con su debida ceremonia.

Cuando terminó, Liam se acercó a Paddy y le dijo:

—Entonces, ¿qué has estado haciendo durante este último siglo, hermanito?

—He estado trabajando para esclavizar a la raza humana y asegurar la victoria del mal —dijo Paddy.

—Ah, entonces trabajas haciendo eso que llaman hipotecas. ¿Te has llegado a casar?

—Eso no es cosa tuya, estúpido granjero de avena —espetó Paddy.

Pero mientras se daba la vuelta para alejarse del condado de Grind, al que nunca volvería, se acordó de la primera vez que vio a Ereskigal, y se le partió el corazón en tantos añicos como la chimenea de la madre Trucha después de la explosión.

Paddy supo que nunca llegaría a conocer la felicidad. Y con el paso de los años empezó a preguntarse si viviría el tiempo suficiente como para ver el regreso de la reina Pálida; el monstruo que podría haber sido su suegra si las cosas hubieran ido de distinta manera.

Fue en aquel momento, mientras Paddy pasaba una mala época, en la que ya estaba mayor y muy decepcionado, en la que su corazón estaba triste y en la que la mayoría de trajes verdes que tenía en el armario estaban pasados de moda, cuando ella, la princesa Ereskigal, se le volvió a aparecer. Estaba igualita que años atrás, a excepción del corte de pelo, y le dijo que tenía para él un último gran encargo que llevar a cabo.

—Hay unos segundos Doce, Paddy —dijo Risky.

—¿Veinticuatro? —supuso.

—No, viejo chocho, jadeante y arrugado, unos Magníficos nuevos, unos segundos doces Doce. Quieren detenernos.

A Paddy le brillaron los ojos legañosos. Sus maltrechos pulmones se hincharon.

—¿Sabemos ya cuál es el primero de los Doce?

Risky le dedicó una sonrisa seductora aunque no exactamente cálida y dijo:

—Se llama Mack.

Le puso una tarjeta personal en la mano. Ponía: «Ereskigal. Princesa malvada.» Y su correo electrónico. Pero en lápiz había escrito la dirección de Mack y una descripción de él en la que destacaba el uso de la palabra «normal».

—Mátale —dijo Risky. Y en un abrir y cerrar de ojos, mientras cogía la tarjeta, sus viejos dedos artríticos finos como el papel de fumar la tocaron y le transmitieron un escalofrío de asco por todo su cuerpo.

—Mátale, por mamá y por mí, Paddy.

Así que con más energía y voluntad de la que había tenido en muchos, muchos (muchos) años, Trucha Paddy «Hierro Nueve» se giró sobre sus talones y se encaminó leeentamente a cumplir el mortal encargo de su única amada.

Treinta y uno

El observatorio resultó ser una versión divina de una sala de estar con televisores de última generación. Era un espacio muy grande, esférico y rematado con unas vigas de madera enormes que aguantaban el arqueado techo. Varias cabezas disecadas colgaban de aquellas rústicas vigas: de ciervo, de alce, de antílope, de reno, de lobo, de jabalí, de algo que parecía un yak, de otra cosa que parecía un búfalo, de otra cosa que podía haber sido un dragón y de varios seres más que parecían definitivamente humanos.

También había algunos sitios vacíos en los que supuestamente habían estado colgadas las mejores cabezas antes de ser llevadas al mercadillo de segunda mano.

Todas las cabezas que quedaban tenían unas expresiones feroces un poco forzadas. No tuvo que haber sido fácil para los taxidermistas hacer que el alce tuviera aspecto de asesino. Con las cabezas humanas debía de haber sido más fácil, porque todos parecían tener unas barbas enormes y erizadas, y unos ojos azules de loco.

Pero todo eso solo formaba parte de la decoración; era una especie de versión *berserker* de los pósters de Zac Efron. Lo más interesante sobre la habitación eran unos círculos esculpidos en el suelo de piedra. Cada uno de ellos contenía agua hasta el borde y amenazaba con desbordarse.

Sobre cada una de aquellas piscinas redondas había una imagen en 3-D: un partido de fútbol, un prado, un oso durmiendo en una cueva, una sala de cine en la que ponían *Fantástico Sr. Fox 2: el apocalipsis de los pollos*, un círculo de piedras antiguas medio derrumbadas, un templo dorado en medio de un lago, otro partido de fútbol, algo que parecía una casa aislada en medio de la noche y el cráter de un volcán.

Uno de los círculos no iba bien: la imagen parpadeaba y tenía interferencias.

El volcán fue lo que más les llamó la atención a todos. Porque allí, de pie en un montículo, estaba la princesa Ereskigal. O Hel, como la conocían allí en Asgard.

Risky.

Mack tuvo la inquietante sensación de que Risky podía ver a través del holograma todo lo que había en el observatorio.

Odín, o Wotan, estaba sentado en un trono alto. Parecía estar bastante cómodo, arropado entre pieles y mantas escocesas. Estaba encima de una especie de vía rudimentaria que se extendía por toda la habitación. En su mano, Odín tenía una palanca como las que se pueden ver en los tranvías de San Francisco.

Estaba mirando uno de los partidos de fútbol con gran interés, inclinado hacia delante en el trono. Pero después tiró de la palanca y el trono salió disparado por la vía, y se detuvo delante del segundo partido de fútbol. Era un método de zapping bastante primitivo. Pero al menos el efecto 3-D parecía muy real.

—¿Cómo vamos a escapar? —le preguntó Mack a Nörr.

Señaló con la mano varios de los hologramas.

—Esto son portales.

Xiao puso a Stefan en el suelo. Medía medio metro de altura. Ella se transformó en humana.

Risky en una dirección. Thor —recuperado de la humillación— y Fenrir por la otra.

Tenían que tomar una decisión rápidamente.

—¡Seguidme! —gritó Mack. Y se lanzó de cabeza a la piscina más cercana, en la que daban uno de los dos partidos de fútbol.

Aquella agua tenía algo raro. Más que sumergirse en ella tuvieron la sensación de haberse metido dentro de una burbuja gigantesca.

Y de repente, estaban en medio de un partido de fútbol. Mack, Xiao, Jarrah, Dietmar y el enano de Stefan cayeron sobre la hierba pisoteada.

Al oír las palabras «partido de fútbol», a lo mejor has pensado en esos chavales con uniformes brillantes de las ligas juveniles que corren tras la pelota sin entusiasmo mientras sus entrenadores gritan órdenes de las que nadie hace caso y sus padres se sientan al fondo en sillas plegables mirando a escondidas la BlackBerry.

Este partido no era de esos.

En este partido los jugadores parecían haber salido de una película de acción. Y en el lugar donde los padres normalmente estarían sentados, había unos treinta mil espectadores sentados en unas gradas enormes.

En el mismo instante en el que Mack y sus amigos aparecieron, uno de los jugadores iba a lanzar un penalti. Las treinta mil personas estaban de pie gritando. También gesticulaban y ponían caras raras. (Gritar sin hacer ninguna mueca es casi imposible, y una vez que te has puesto a gritar, también te entran ganas de gesticular.)

En cualquier caso, el ruido era imponente.

Después el jugador se dio cuenta de que en medio del campo habían cuatro niños y un enanito. Falló el gol. La pelota voló por los aires.

El estadio pasó de rugir frenéticamente a un silencio absoluto; un silencio tan profundo que Mack podía oír hasta los latidos de su propio corazón.

Treinta mil pares de ojos, que sumaban 59.999 ojos en total (porque resulta que un abuelito de la fila catorce llevaba un ojo que era de cristal y, por tanto, no cuenta), pasaron de mirar al guardameta a observar la repentina aparición.

Casi podían oír el incrédulo parpadeo de los ojos que los observaban.

Las cámaras de televisión se giraron hacia ellos.

La cámara que colgaba de un cable por encima del campo fue disparada hacia ellos.

—Nos han visto —dijo Dietmar.

—Supongo que tienes razón —dijo Mack.

La multitud les había visto. Y la multitud no estaba contenta. Treinta mil voces comenzaron a gritar y no eran gritos de asombro, sorpresa o incredulidad; sino insultos. De rabia. De odio. Porque a pesar de que era totalmente extraordinario que un grupo de niños apareciera en medio de un campo, lo que realmente les importaba era que el jugador había fallado el gol por su culpa.

Los árbitros vestidos con equipos a rayas blancas y negras corrieron hacia ellos. Los jugadores de ambos equipos también corrieron hacia ellos, y estos eran más rápidos y daban más miedo.

Y justo cuando se estaban acercando, una mano enorme bajó del cielo y cogió a Jarrah. Una mano con brazo, pero sin cuerpo. Y era tan grande que Jarrah cabía en su puño.

Una vez más, las gradas se quedaron en silencio. Porque por fin estaban viendo algo más importante que el partido.

El brazo y la mano empezaron a desaparecer en… En la nada, realmente. La mano había salido del cielo y se estaba llevando a Jarrah hacia arriba.

Dietmar era el que estaba más cerca y fue el que reaccionó antes. Cogió a Jarrah de la mano y la sujetó fuerte. Pero la mano seguía tirando de ella, así que Mack se agarró a Dietmar, y Xiao se agarró a Mack y Stefan —que medía unos adorables 20 centímetros— se agarró del tobillo de Xiao, y todos tiraron hacia abajo.

Era un lucha contra un dios desconocido; cosa que parece el título metafórico de un sermón, pero en este caso, era la descripción literal de lo que estaba sucediendo.

Jarrah salió del campo de visión, hacia la nada. Pero después reapareció, porque seguían tirando de ella.

De repente, los jugadores empezaron a ponerse en situación. No les gustaban los niños que merodean por el campo, pero las manos gigantescas todavía les gustaban menos. Así que empezaron a dar puñetazos en los todopoderosos dedos del dios y a tirar de Jarrah, e insistieron hasta que un lobo sacó su gigantesca cabeza y gruñó tan fuerte, con tal rabiosa ferocidad, que algunos de los chicos con pintas de muy duros se soltaron y salieron corriendo gritando como niñas pequeñas.

Solo un jugador consiguió quedarse mientras Jarrah, Dietmar, Mack, Xiao y el pequeño Stefan estaban siendo arrastrados a la fuerza a través del porta. Aterrizaron aterrizaron unos encima de otros formando un montón caótico sobre el suelo del observatorio.

La mano no era la de Thor como todos se esperaban. Era la todopoderosa mano del todopoderoso Odín. Y el todopoderoso Odín estaba todopoderosamente enfadado.

—¡Había apostado trescientos marcos en ese partido! —gritó Odín.

—Querrás decir tres mil euros —le corrigió Dietmar.

Odín pestañeó. Volvió a pestañear. Mack esperaba el golpe mortal. Si Thor era grande y temible, el furioso Odín tenía un letrero con letras de neón centelleantes que decía «¡Conmigo no se juega!». Odín parecía una versión vieja y consumida de un tipo temible con el que no querrías haberte encontrado cuando era joven.

De hecho, Thor y Fenrir estaban rezagados y parecían un poco nerviosos. Después de todo, Odín podía decidir culparles por haber interrumpido el partido y por haber provocado que perdiera la apuesta. Fenrir se estaba mordiendo la pata y trataba de fingir que no estaba preocupado. Thor estaba con la mirada clavada en Mjolnir, que había recuperado el aspecto de guitarra y que aparentemente necesitaba que Thor lo limpiara con la manga.

Mack cerró los ojos, preparado para morir, y pensó: «Bueno, tuve una buena vida. Corta pero buena.»

Pero cuando Mack volvió a abrir los ojos, vio que el rostro de Odín se estaba transformando lentamente, y que estaba pasando de ser una divinidad mitológica furiosa a un fan tímido y fascinado.

Odín se limpió una mano nerviosa sobre la túnica. Después la extendió hacia el jugador de fútbol, que estaba de pie con la boca abierta como un pez cuando se cae por accidente a la moqueta.

—Tú eres... Tú eres... ¡Oh, por mí mismo, eres Franz Müller! ¡En carne y hueso! Es un gran honor conocerte —dijo Odín—. Soy un gran seguidor tuyo.

El jugador extendió una mano temblorosa y cogió dos de los dedos tamaño salami de Odín.

—¡Te vi jugar el partido de la selección contra España cuando marcaste tres goles! —dijo Odín entusiasmado—. El mejor partido que he visto en... Bueno, no quiero decirte en cuánto tiempo, porque pensarás que soy...

—¿Un viejo senil?

Por una centésima de segundo Mack pensó que había sido Dietmar. Todavía no conocía tan bien a Dietmar, pero el chico tendía a hacerse notar por soltar cosas que sería mejor que se las guardara para sí mismo.

Pero no había sido Dietmar.

Thor y Fenrir se hicieron cada uno a un lado, y allí entre uno y otro se encontraba ella, caminando a grandes pasos mientras sonreía satisfecha de sí misma.

—¡Hel! —dijo Odín.

—¡Risky! —dijo Mack.

—¡Tú! —dijo Nörr.

La hija de la reina Pálida se tomó un momento para darle a Fenrir unos golpecitos en el lomo.

Odín, que solo unos segundos antes tenía un aspecto temible, pareció encogerse y envejecer mientras observaba con solemnidad a la pequeña muchacha.

No cabía duda de quién tenía más miedo de quién. O quiénes. O quiénes a quién.

O quizás no esté tan claro, así que aclaremos la jerarquía del miedo: Odín tenía miedo de Risky. Odín a su vez daba miedo a Thor y a Fenrir. Thor y Fenrir asustaban a Nörr. Y todos ellos asustaban a Mack.

Y ninguno de ellos asustaba a Stefan, a pesar de que tenía el tamaño de un gatito. Jarrah lo levantó y lo estrechó entre sus brazos de forma protectora.

—Entonces, Mack —dijo Risky, mostrando su dentadura perfecta con una sonrisa tan cálida como los pies de un pingüino y tan acogedora como un cementerio a media noche—, ¿has tenido un buen vuelo desde China?

—Espera —dijo Thor, pero de forma cortés—. Tenemos un trato. Yo te entrego a los Magníficos. Pero antes de que te los lleves, tienes que darme lo que me prometiste.

Incluso cuando temblaba de miedo, Mack era muy observador y se daba cuenta de muchas cosas. Lo que vio fue que los increíbles ojos verdes de Risky parpadearon levemente.

—Sí, claro, hablaremos de ello luego.

Nörr debió notar algo también, porque dijo:

—No te fíes de ella, pedazo de zoquete. Está mintiendo.

De nuevo un leve pestañeo, que la princesa intentó disimular estrechando los ojos, pero los dientes la pusieron en evidencia, porque le crecieron puntiagudos y largos de forma absolutamente vampírica.

—Yo cumplo mis promesas.

Hizo un chasquido con los dedos. El portal piscina más cercano cambió de imagen y pasó a mostrar el parque a los pies de Externsteine. Había más de una docena de coches de policía azules y blancos, y dos ambulancias naranjas y blancas, y muchos policías y turistas (todos agitados, muchos sacando fotografías del monumento transformado y otros comiendo bocadillos).

Allí, en una esquina, inhalando oxígeno mientras su aprendiz de extravagante vestimenta charlaba con dos chicas, estaba Trucha Paddy «Hierro Nueve».

La mano izquierda de Risky empezó a crecer. Se estiró y se convirtió en serpentina; o para se más exactos, en octópoda (que es de verdad una palabra). Al final de la fantástica extensión, le salieron unas filas de ventosas.

Risky extendió su tentáculo de pulpo en el holograma, rodeó a Hierro Nueve con él y lo alzó. Desapareció del holograma y apareció, mareado y sin aliento, ante ellos.

Risky no perdía el tiempo con cortesías ni explicaciones.

—Paddy, el dinero.

Los ojos de Hierro Nueve —amarillentos y demoníacos— se movieron rápidamente a derecha e izquierda. Tragó saliva. Buscó con torpeza el oxígeno. Y por unos instantes, Hierro Nueve tuvo la impresión de que se estaba poniendo rojo. Como una niña pequeña. Una niña pequeña muy caradura.

—El dinero, Paddy —dijo Risky en voz baja.

—¿El dinero, dices? —se atascó Paddy.

—Sí. El dinero.

—Ah, bueno, por lo que se refiere al dinero… Mi aprendiz se lo ha gastado todo en esas nuevas tarjetas tan sofisticadas.

—Tu aprendiz —dijo Risky.

—El chico de los bombachos.

Con el octobrazo, Risky trajo a Valin a la habitación.

—¡Eeey!—dijo Valin al ver a Odín, Thor, Nörr, Los Magníficos Cuatro, la sala de estar de Asgard y Risky.

Risky extendió la mano. La de verdad.

—El dinero.

A Mack le hizo ilusión ver que Valin hurgaba repetidas veces esforzándose para sacar lo que al final resultó ser una tarjeta de débito.

—¿Qué es eso? —preguntó Odín.

—Así es como van las cosas ahora —dijo Risky. Se notaba que su paciencia se estaba acabando—. Sí, los tiempos cambian —dijo Risky. No cabía duda de que estaba haciendo esfuerzos para ser educada. No quería distraerse luchando con Odín y el resto—. Aquí está el dinero, Odín. No te miento.

—Lo dudo —dijo Dietmar—. Eres malévola, y las criaturas malévolas no dudan en mentir.

Esta vez Mack apreció la falta de tacto de Dietmar. Porque Odín no estaba convencido del todo, y Thor seguía mirando a su alrededor ansioso, como si estuviera esperando a alguien o algo.

Por fin, Thor preguntó:

—¿Dónde están?

A Risky se le escapó un gruñido impaciente por sus perfectos labios.

—Te están esperando —dijo Risky con suavidad—. De hecho, están muy emocionados por conocerte, Thor.

—¿Ah, sí?

El dios del trueno parecía contento.

A Mack todo aquello le olía a chamusquina.

—¿Quién?

Thor sonrió.

—Led Zeppelin. Voy a tocar un concierto de verdad con Led Zeppelin.

Risky decidió seguir con la farsa.

—Sí, es verdad, y el grupo entero espera conocerte tan pronto como termine con este pequeño asunto.

—No lo creo —dijo Mack—. Se disolvieron hace ya unos años. ¡Y creo que el batería murió!

Risky atacó, tan rápida como una cobra. Se abalanzó sobre Mack, revelando los dientes. Antes de que pudiera ni siquiera pestañear, ella ya lo tenía entre sus manos.

—¡Esta va a ser la última cosa que hagas!

—¡Tiradme! —gritó una vocecita chillona.

Una personita musculosa y sin camiseta salió volando por los aires. Stefan aterrizó en la cara de Risky, se cogió con una mano en cada una de sus cejas perfectamente esculpidas, y le pegó una patada a los dientes con sus graciosos piececitos.

—¡Apártate! —dijo Risky gritando.

—¡Me has engañado! —bufó Thor encolerizado.

—¡CORRED! —gritó Stefan. Aunque en realidad sonó más bien como «¡Correeed!».

Mack corrió. Los otros le siguieron a toda prisa. Corrieron por la habitación circular.

Risky cogió a Stefan y lo lanzó como si fuera una muñeca de trapo. Lo hizo girar por el aire mientras Jarrah gritaba:

—¡Stefan!

Stefan aterrizó con un plof en la piscina más lejana y desapareció del campo de visión.

No les quedaba otra, Mack fue detrás. Corrió, empujó a Jarrah (que estaba paralizada del susto), le gritó que saltara y se zambulleron detrás de Stefan.

Cayeron en picado por la membrana-burbuja (con lo que podríamos formar una palabra compuesta como «burbubrana») y aterrizaron en un círculo compuesto por piedras altas.

Mack supo inmediatamente donde estaba. Había visto el lugar en fotos.

Treinta y dos

Nadie sabe qué es exactamente Stonhenge. Pero está claro que no se construyó para lo que estaba ocurriendo.

Hagamos una breve pausa y reflexionemos sobre Stonhenge. Stonhenge está formado por un montón de piedras dispuestas en forma de «henge». Pero esta información no nos sirve de mucho porque nadie sabe lo que es un «henge». Así que será mejor que volvamos a empezar.

Hará unos, vaya, unos cinco mil años, un grupo de ingleses primitivos decidieron que iban a construir un gran círculo de piedras. ¿Por qué? Nadie lo sabe. Quizás porque estaban intentando construir una especie de calendario. Los calendarios de hoy en día son de papel y tienen fotos de Justin Bieber. Pero en aquellos tiempos lejanos, Justin Bieber no aparecía en ellos porque si hubiera habido una persona tan mona, tan vulnerable y tan parecida a un conejito como Justin Bieber, se lo hubieran comido a la barbacoa.

Cosa que, si lo piensas… Bueno, da igual, mejor no nos metamos ahí. En cualquier caso, excavaron una gran acequia circular de piedras. Y después probablemente bailaron y sacrificaron a algunos Biebers de la época como ofrenda a los dioses paganos.

Avancemos rápidamente un par de milenios y situémonos en hace tres mil años, cuando un pagano visionario dijo:

—Ese viejo círculo de tierra es penoso. Podríamos construir uno mucho mejor con piedras. A las chicas les gustará.

—¡Brillante idea! —gritó el resto de paganos.

Se pusieron manos a la obra. Usaron unas piedras muy grandes, de unos cuatro metros de altura. O como decían por aquel entonces, «de unos dos *paugasoles*».

Construyeron un bonito círculo de piedras gigantescas y en la parte superior pusieron otras piedras gigantescas horizontales, formando linteles.

Dando unos pasos hacia atrás y mirándolo, podrías pensar: ¿Sabes qué?, si pusiéramos un techo abovedado sobre esto, se parecería un poco al Monumento a Thomas Jefferson de Washington.

Y después los paganos seguramente te sacrificarían por no saber cuál es la diferencia entre la arquitectura neolítica y la neoclásica.

Los paganos no tenían paciencia con la gente arquitectónicamente ignorante. Una vez Stonhenge estuvo terminado, seguro que celebraron un baile pagano, pero fue un baile serio, poco movido, de algún modo raro y sin ritmo, porque, después de todo, eran ingleses.

A los paganos les gustaba su gran círculo de piedras y establecieron fechas para visitarlo. Hasta que la civilización llegó a Inglaterra y tuvieron que matar a todos los paganos. La civilización desaprobaba los círculos de piedras sin sentido. La civilización no se dio cuenta de que podía ser una gran atracción turística que atraería a millones de visitantes y que cada uno de ellos miraría las piedras y diría: «¿Qué es esto?».

Con el paso de los años, muchas de esas piedras gigantescas se usaron para construir fortalezas, castillos, reductos y otras estructuras relacionadas con matar que gustan mucho a la civilización.

Así que ahora, los Magníficos Cuatro habían aterrizado en medio de una serie enigmática y medio destruida de piedras parecidas al símbolo pi.

Y no estaban solos. Ereskigal apareció apenas unos segundos después de ellos. Y después Thor, que estaba en estado *berserker*, porque, como Risky le había tomado el pelo, se sentía avergonzado y humillado.

Stefan iba en el bolsillo de los vaqueros de Jarrah. A duras penas podía sacar la cabecita.

—¡Escuchad, me sigo encogiendo! —gritó con su vocecita.

Hierro Nueve y Valin fueron los siguientes en llegar. Hierro Nueve sacó la espada de su bastón a una velocidad relámpago de tortuga borracha. Pero Valin era más rápido. Tenía los cuchillos fuera y estaba liado agitándolos con dramatismo, rebanando el aire.

—¡Me has engañado! —le dijo Thor a Risky con voz de trueno.

—Eres realmente patético —dijo Risky, riéndose abiertamente del dios del trueno.

Thor llevaba a Mjolnir en una mano y su espada en la otra.

—Son míos hasta que me pagues lo que me prometiste.

—¿Quieres un trozo de mí? —le retó Risky.

—Yo tengo un martillo, y tú pareces más bien un clavo —le respondió Thor.

—Venga, rubito —espetó Risky.

Jarrah sacó su teléfono y empezó a marcar un número como loca.

Xiao se transformó en dragón.

Dietmar gritaba que todo el mundo debía tener cuidado, porque Stonhenge era un tesoro cultural de gran valor.

Mack midió la distancia desde donde estaba hasta un lugar seguro. Pero como Stonhenge está en mitad de la nada, o del campo, no podía decidir hacia dónde huir.

—¿Mamá? —dijo Jarrah al teléfono, tapándose la oreja con la mano para no oír a Thor rugiendo, a Risky enredado, a Mack gimoteando, a Hierro Nueve jadeando por una bocanada de aire o a Valin animándose a sí mismo con grititos como «¡Uuuaaa kataaa! ¡Kiiia wakaaa!».

Thor lanzó a Mjolnir. Le dio a Risky en el estómago. Esta salió propulsada de espaldas y chocó contra una de las piedras con tanta fuerza que el lintel se quedó colgando.

Cayeron toneladas de piedra sobre la cabeza de Risky. Pero ella ya no era el ser malvado y atractivo que solía ser. Se había convertido en una mujer gigantesca y musculosa con una trenza larga y rubia a un lado de la cabeza y, al otro lado, llevaba una especie de cola de caballo fina.

De hecho, parecía medio mala y medio buena. En el lado derecho era una rubia amazona vikinga: poderosa, deslumbrante, con un aspecto tan sano que parecía una modelo anunciando un yogur.

El lado izquierdo era el aspecto que tendría el lado derecho si lo mataras, enterraras por mil años y después lo volvieras a desenterrar. Su lado medio vivo tenía un aspecto muy parecido al de Xena, la princesa guerrera, mientras que la otra mitad era un cadáver animado, repleto de huesos a la vista, con la carne colgando y gusanos que se contoneaban.

Con la mano cadavérica, paró el lintel y lo lanzó a un lado como si fuera una galletita.

—Ahora te escucho, esta es la Hel que conozco —dijo Thor.

Mjolnir había vuelto a su lado.

—Sí, mamá, ya sé que te he despertado —gritó Jarrah al teléfono—. Pero es que estamos teniendo un problemilla y necesito algunas palabras en Vargran.

Valin se adelantó a Mack, todavía agitándose como si fuera un ninja. Mack estaba indefenso. Pero Valin dudó.

—Si te entregas a Hierro Nueve, no hará falta que te rebane —dijo Valin.

—Quizás no seas un asesino a sangre fría —dijo Mack, deseando tener razón.

—Es Stefan, mamá —dijo Jarrah—. Le he hecho encoger y no para de hacerse pequeño.

—Buen intento —dijo Valin, que corrió hacia Mack.

Mack salió disparado.

Valin le perseguía y Mack corría entre las piedras saltando como un loco. Mack era rápido y tenía mucha experiencia escapando. Y Valin iba lento porque se empeñaba en ir asestando golpes en el aire al estilo ninja.

Risky alzó la mano muerta y sonrió mostrando una dentadura mitad pasta dentífrica blanqueadora y mitad el dibujo que el dentista usa para que te asustes y te cepilles todos los días.

De la mano con aspecto de garra que alzó disparó, en lugar de un rayo, una especie de niebla de color azul oscuro. Eso alcanzó a Thor en la pierna mal vendada que poco antes había sido apuñalada.

Thor gritó del dolor. Los leggings de piel de ciervo se doblaron y derritieron como un envoltorio de plástico en el fuego. La piel de debajo se entrevió y después, también, empezó a consumirse y a hervir. Le salieron unas llagas que segregaban una sustancia viscosa y negra. Pero Thor no estaba acabado. Hizo un amago de tirar el martillo, pero en el último minuto, saltó bien alto y asestó un golpe con la espada hacia abajo.

Risky se echó a un lado, pero fue demasiado lenta, y la espada se le clavó en el estómago.

¡Chof!

Por desgracia, le dio en el lado izquierdo —el lado muerto, por si te habías perdido— y en lugar de matar a la princesa malvada, lo que pasó fue que empezaron a salir un montón de arañas.

Las arañas salían de la herida en forma de una masa negra y gris. Como algún tipo de espantoso vómito de muerto. Como el peor sabor del yogur líquido más asqueroso. Como si hicieras fotografías de tus orificios nasales cada X tiempo en todas las fases de un resfriado de dos semanas. A diferencia de que en lugar de mucosidad eran arañas. Pero centrémonos en el tema: arañas.

Seguramente recordarás que a Mack no le gustaban las arañas. Igual que a la paja no le gusta el fuego.

—¡Aaah, nooo, aaay! —dijo Mack.

No tuvo tiempo de reaccionar y siguió corriendo crunch, crunch, crunch sobre el torrente de arañas.

Después Valin gritó:

—¡Aaah, nooo, aaay!

—¡Arañas! —gritó Mack.

—¡Arañas! —repitió Valin.

Y Valin siguió persiguiendo a Mack y Mack siguió corriendo y ambos corrían gritando muertos de miedo.

—¡Te estoy perdiendo! —dijo Jarrah al teléfono—. No puedo usar «crecer», ya lo he usado. Necesito algo como «que mi amigo vuelva a ser grande». Por favor, mamá, date prisa, ¡tengo que colgar! ¡Te estoy perdiendo! ¡Mándame un mensaje!

A Dietmar las arañas no le provocaron aversión. Así que esperó pacientemente a que Mack y Valin terminaran el circuito de gritos histéricos alrededor de «henge». Después, cuando se le acercó, lanzó un puñado de arañas contra Valin.

Para Valin eso fue la gota que colmó el vaso. Había tenido suficiente. Una persona con aracnofobia puede soportar pisotear unas arañas, pero tenerlas en su chaqueta bordada o en los bombachos ya no.

Valin perdió la cabeza y se fue corriendo desesperado, golpeándose la ropa como un loco.

Mientras, Hierro Nueve acababa de desenfundar su espada.

—Gracias —le dijo sin aliento Mack a Dietmar.

Thor les pasó por al lado tambaleándose, arrastrando la pierna herida. En un abrir y cerrar de ojos, Risky saltó sobre él. Le sacó la espada y llevó la punta al musculoso cuello de Thor.

—Anda, esto voy a disfrutarlo mucho —dijo Risky. Habló con un acento alemán/escandinavo de forma que el «voy» sonó como «foy» y el «mucho» como «mujcho». Porque, claro, estaba en su modo de diosa nórdica del Inframundo.

Xiao emprendió el vuelo y después bajó en picado. Abalanzándose sobre dos de las piedras, hizo caer unos trozos del lintel y golpeó a Risky en la espalda.

Risky se tambaleó encima de Thor. Se le escapó la empuñadura de la espada.

—¡Aguanta, Stefan! —gritó Jarrah—. ¡Aguanta!

—¡...! —dijo Stefan con una voz tan menudita que no hay letras visibles que puedan expresarlo.

El teléfono de Jarrah hizo un jovial sonido indicando que le había llegado un mensaje.

Jarrah miró el teléfono. Y dijo:

—¿En serio?

Risky saltó y asestó un golpe a Xiao con la mano cadavérica. Dio un gruñido descanado y fue en busca de la espada de Thor. El dios del trueno parecía demasiado cansado y anonadado como para hacer nada al respecto.

Risky/Hel alzó con todas sus fuerzas la espada de Thor. ¡Y le asestó el golpe mortal!

O se lo habría dado, si no hubiera sido porque en ese momento Mack se dio cuenta de que si Thor perdía y Risky ganaba, él (y el mundo entero) estaría perdido. Así que en el momento de máximo frenesí, en su versión propia de berserker, cogió la trenza de Risky (la rubia) y le tiró con fuerza la cabeza hacia atrás.

Se giró. Verle el rostro mitad joven hermosa y mitad momia zombi, paralizó a Mack.

—Re… —consiguió sollozar—. Realmente debería haber dedicado un tiempo a aprender más Vargran.

En los pocos segundo que Risky se detuvo para oír aquella tontería, Thor saltó y con un brazo le rodeó el cuello y el otro se lo pasó por detrás: la bloqueó con una especie de llave de cabeza que Stefan solía hacerle a Mack.

Mack respiró tranquilo, se retiró rápidamente a un lado, se tropezó, cayó sobre su espalda con brusquedad y miró hacia arriba mareado, para ver que Hierro Nueve estaba apuntando a Mack con la espada en el mismísimo corazón.

El problema era que a pesar de que Hierro Nueve fuera lento, Mack no tenía realmente ninguna opción de moverse sin provocar que se le clavara la espada.

—Por la reina Pálida —graznó Hierro Nueve, y se inclinó hacia delante—. ¡Y por mi único y verdadero amor!

—Bueno, probemos a darle un giro —dijo Jarrah.

Treinta y tres

Jarrah probó a darle un giro; que es una traducción literal del australiano que significa «vamos a ver qué pasa».

—¡*Arb harid fie-ma*! —gritó Jarrah.

Y en ese mismo instante, no pasó nada.

—¡*Arb harid fie-ma*! —volvió a gritar Jarrah.

Y, de nuevo, nada.

—¡La *pujanza ilustrada* se me está agotando! —gritó Jarrah. Una frase que nunca imaginó que iba a decir.

—¡Mack! ¡Inténtalo tú! —gritó Jarrah.

Hierro Nueve dijo:

—Aquí termina…

Se detuvo, rebuscó el oxígeno en su chaqueta con la mano que tenía libre.

—¿Cómo era? —gritó Mack.

—¡*Arb harid fie-ma*!

—… la última esperanza de la… —resopló Hierro Nueve.

—¿Arg?

—¡Arb!

—¡… humanidad!

—¡*Arb harid fie-ma*! —gritó Mack.

Y Hierro Nueve clavó la espada en… Bueno, tendremos que asumir que la clavó en el suelo. Porque Mack no se quedó mirando al triunfante Hierro Nueve.

Estaba mirando a una mujer alta de color blanco fantasmagórico que no tenía ojos, boca, nariz ni cabello. Las manos parecían aletas.

Mack parpadeó.

Era un maniquí.

Un maniquí con un vestido verde que estaba junto a otro maniquí con un vestido lila.

Xiao estaba tumbada sobre una mesa llena de jerséis.

Dietmar estaba de pie a su lado, mirando atónito al mismo maniquí que Mack.

Jarrah seguía mirando su teléfono.

Los cuatro se encontraban en unos grandes almacenes. En la sección de mujeres.

Xiao se transformó rápidamente en humana.

La tienda parecía no estar abierta. No había clientes. Ni dependientes. Y las luces estaban bajas.

Les llevaría un tiempo darse cuenta de lo que había pasado. Resumiendo: es mejor no usar palabras mágicas que no conoces muy bien.

Porque lo que le preguntó Jarrah a su madre fueron las palabras para decir «que mi amigo vuelva a ser grande», para decir «que Stefan recupere su tamaño». Lo que sería «Arb harut-ma».

Mientras que «harid» en Vargran significa «grandes almacenes». Y no la palabra «grande» a secas.

Del mismo modo que, como le gritó a su madre que se tenía que ir, la madre le escribió la palabra «fie-ma» que en Vargran significa «ir».

Así que lo que en realidad dijo fue «¡Amigo, ve a los grandes almacenes!».

Su amigo estaba ahora, de hecho, en unos grandes

almacenes. Todos sus amigos. Estaban en una enorme tienda londinense llamada Harrods. Nombre que, por cierto, se parecía mucho a «harid».

No podemos echarle la culpa de eso al Vargran. Y además, las palabras adecuadas en Vargran, pronunciadas de forma correcta, hicieron que Stefan recuperara su tamaño habitual.

Con dos delicados dedos, Jarrah sacó cuidadosamente al Stefan del tamaño de una mariposa de su bolsillo y lo puso encima de un pañuelo de seda suave.

Jarrah volvió a llamar a su madre y dijo:

—Lo intentamos de nuevo, ¿entonces?

Cuando la tienda abrió, pudieron comprar una camisa para Stefan de su ya recuperada talla habitual.

En el teléfono de Mack sonó un mensaje. Decía:

Mack, ¿qué me pongo?

Mack frunció el ceño y dijo:

—¿Cómo?

Después, contestó:

¿Cómo?

Camaro me preguntó sí sabía bailar. Pues claro que sé bailar. Todos los golems saben bailar. En el suelo. En las paredes. En el techo. En realidad, podemos quitarnos nuestras piernas y dejar que bailen solas. Le dije que sí. A lo que ella me contestó: «Entonces, te vas a dejar los pies en el baile. El sábado por la noche». Eso me tiene preocupado, porque como ya he dicho antes, el día que llegué al cole sin los pies me metí en problemas. Decidí llamar a Mack, pero no me cogió el teléfono. Así que le he mandado un mensaje.

Y después el golem le escribió a Mack unas palabras que inundarían su corazón de terror a pesar de que les separaba una distancia de ocho mil kilómetros, e incluso después de todo lo que había soportado hasta el momento.

> Pal baile con Camaro. Es el viernes x la noche y no sé q ponerme.

No podía ser que Camaro fuera a bailar con el golem. Ella le había invitado a ir al baile. Camaro siempre había pensado que Mack era mono, y ahora…

—Mack, estás pálido —dijo Jarrah.

—Tengo una cita con Camaro —dijo Mack gimoteando—. Es como… Como Thor.

¿Qué pasaría si después de salvar al mundo volvía a casa un día para encontrarse con que Camaro Angianelli era su novia? ¡Argh!

Todos salieron de Harrods a la calle.

Caminaron hacia Victoria Street para dejar atrás el miedo, y todo lo raruno, y para recuperar sus energías. De vez en cuando Mack murmuraba «Camaro», con un tono desesperado.

Pero ese problema tendría que afrontarlo más adelante. Quizás, reflexionó Mack, Los Magníficos Doce no lo iban a conseguir, el mundo sería destruido y nunca tendría que pensar en cómo romper con Camaro.

De momento, parecía que tenía que ir en busca de la tumba de William Blisterthöng MacGuffin. Y después desenterrarlo. Lo que por muy raro que suene, le daba menos miedo que el hecho de salir con Camaro.

Mientras andaban, hicieron la solemne promesa de que no los volverían a pillar desprevenidos.

Acordaron que lo mejor que podían hacer era encontrar a MacGuffin inmediatamente. Acordaron que una vez hubieran hecho eso, sería el momento de ponerse a estudiar y aprender todo el Vargran posible. Y entendieron lo que realmente era la pujanza ilustrada.

—Perfecto, entonces todos estamos de acuerdo —dijo Mack.

—Absolutamente —dijo Jarrah.

—Tenemos que encontrar ese segundo disco y poner toda nuestra energía en estudiarlo —dijo Dietmar—. No tenemos el vocabulario suficiente.

—Y tampoco sabemos todas las normas —dijo

Xiao—. ¿Por qué no pudo usar Jarrah el hechizo, pero cuando Mack lo dijo funcionó? Solo a través del aprendizaje seremos capaces de sobrevivir.

—Y solo nos quedan treinta y tres días —dijo Mack preocupado.

Pero después llegaron al río Támesis y vieron la enorme noria llamada «The London Eye».

—Vaya —dijo Stefan.

—¿Mola, verdad? —dijo Mack.

Dietmar dijo que no les quedaba otra que hincar codos y estudiar, en lugar de subirse a una estúpida noria.

—Sería muy estúpido por nuestra parte ir a divertirnos mientras deberíamos estar estudiando —dijo Xiao.

Así que todos pasaron de estudiar y cruzaron el puente para llegar a la noria.

Y esa resultó ser una muy, muy, muy mala decisión. Pero eso ya es otra historia.

El baile no fue tan divertido como pensaba. Camaro me dijo que llevara algo de cuero. Así que en lugar de los pantalones vaqueros que tenía preparados, me llevé dos de los cojines de cuero del sofá. Ahora tengo tres faltas graves. Y también me han llevado al psicólogo. El padre de Mack me ha dicho que si soy bueno, mis problemas se irán volando. Así que ahora estoy intentando encontrar el barro suficiente para poder hacerme unas alas. No quiero que Mack vuelva a casa y se encuentre con problemas.

¿Tienes ganas de más?

La aventura continúa en

Los Magníficos 12:

LA LLAVE